走ること II

何かを変えるには、走り始めてみることがある

本田 賢
Honda Takashi

風詠社

今年は2021年。

特に大きな節目でもないが、私にはサラリーマン生活では一区切りとなる定年と言われる時期が近づいてきて、これからの将来について考えることは多い。

同じ会社で28年勤務した場所を離れ、東日本大震災を経た1年後の2012年に、初めて海外に赴任することになった。それから3年後には帰任したが、その後の会社生活では思いがけない異動も経験した。自分の周りの環境も変化していく中で、変わっていく思いを振り返ってみた。自分の周りの環境が変化しようとしているときに誰もが大きな不安と期待を抱くと思うが、幸いなことにそんな中でじっくりと1人の時間を持ち、考えることができた。そして趣味でランニングを始めることになってからおよそ10年が経過した。

マラソン大会に参加して凄い結果を出せたこともないが、継続してきたことによって、自分が思い描いていたところに対しては結果が出せたと思えることがあった。そんな自分のこれまでを少し振り返りつつ、何かを変えるきっかけになった「走ること」と、これからの夢や思いについて語っていきたい。

目次

1．はじめに

今からほぼ10年前の２０１１年の初頭に、過去約2年間趣味で走ってきたことのドキュメンタリーを書いて初めての自費出版本を印刷した。

そして1年後、懲りずにまた続編を出版し、迷惑を顧みず知人に配った。さすがに2回目となると驚く人は少なくなってきたが、内容に対する反響もちょっと少なかったというより、マニアックな人には受けたが、そうでない人にはそうでもなかったようなそんな読後のフィードバックを一部の方から頂いた。それでも本当にありがたいことである。世間的には物書きではない素人が本を書いて、なんとなく渡されただけなのに、その読後感想を頂けたというだけで充分だったという思いはある。

たいていのドキュメンタリーやノウハウ本にしても、それはある程度世間的には、何かを成して結果を出し、何らか読者への学びや感動を与え、読んだ方の今後の人生に生かせるかどうかは別にしても、頭の中にそういうインプットがされるはずの内容だから、お金を出しても一般の人が購入するということだと思う。

ところが、私が書いた本は殆どが自己中心的に自分のことだけを一方的に書いていることに近い内容であった。しかも本当にごく普通の中年のオヤジであるだけで何のとりえもない。唯一有名作家やノウハウ本の方々と違うのは、私をある程度知ってくれている人が私のことを認識してくれながら読んで頂いていたということがあった。

そんな内容だから、要はちょっと長めのブログを書いていることと同じであったとも思う。ただ、本にするということは、紙に落としたものを印刷して存在するものとするということであり、そこには私なりのこだわりがある。電子メールと手書きの手紙の違いということだけではないが、その場で情報として伝える手段の電子媒体の電子メールと違って、捨ててしまわない限りいつまでもそこに邪魔ながら存在するものとなってしまうことである上に、誰か知らない人の目にも晒される可能性は0ではないということがある。だから、あまりに無責任でいい加減なことは書けないということもある。

もう一つは無理やり紙にすることで、捨ててしまわない限りいつかは読んでもらえるかもしれないという可能性もあるということである。無理やり読んでもらおうという気もなければ、読んでもらえなくても構わないのだが、せっかくお金と時間をかけたのだから、あまりそうも言いたくないというのが本音ではある。しかし、ブログや電子媒体は、誰が読んだかわからない上に、一度読み飛ばされたらそれっきりだし、誰が読もうがお構いなしであろう。そんなふうにお客様というか読者の皆様の顔をある程度想像しながら今も書いていることのほうが楽しいということではある。

今回もそうだが、充分な全体構想はなくて、初めから思いついたことを直接パソコンに向かって書いているので、全部終わってみるとすごく繋がりのない本が完成してしまうのかもしれない。今回書こうと思いついたのは２０１４年に『走ること』という本を自費出版したが、その後の海外赴任中に海外での生活も含めた海外生活編としてまとめておいて、発行するための資金に余力が出たら出版してみようかと考えてはいた。

ふと、海外赴任していた頃の３連休の初日に10ページくらい書いてみたのがその始まりで、自分の生い立ちと過去にあったこととこれからを繋いでみようと思ったことがスタートであった。前半は自分で覚えている幼少時代の自分が何をしていてどんな子供だったのか？　それと現在の自分がどうで、これからの自分は？ということをテーマである走ることと結び付けながら回想しつつ未来を想像していきたい。そして、たまたまサラリーマン生活では定年という節目を迎える時期になり、これからのことを考えるにあたって自分なりの半生を振り返ってみたいという思いでこの本を書いている。この内容からは読んで頂ける方にはあまり興味が湧かない内容と思えるかもしれない。

過去の自分は、当たり前だが今時点ではもう存在はしていないということがある。しかし、その時点の自分はそうだったと、自分が思っていたことが家族や近親者、友人や知人は全く違って見ていたかもしれないということもあろうかと思ったりしながら、自己紹介を兼ねてあえて恥ずかしながら書いてみようと思ったものでもある。

また、全く私を認知していない人でも副題にある「何かを変えるには……」という部分からどんな内容が書かれていてどんなことをやったことが書かれているのか?と趣味が何であれ興味を持ってもらえたらありがたい。誰でも人の半生は過去にどんなことがあったのかと、今何をしていて今後はどんなふうに進んでいこうとしているのかなど、過去に歩んできたことから、どんなふうに現在に繋がっているのだろうとか考えてみることはあるだろう。

だが、過去の自分などは今となってはもう過去のことであり、現時点では存在しないのだからどうでもいいが、育ってきた生い立ちや環境は、その人が作られてきた性格などとは繋がりと関係性があると思うからである。そして、自分だけのことを書いている分には誰かに迷惑をかけることはない。少し自分以外の登場人物が出てくる場合は、その関係者に迷惑をかけないようにマイナス要素を入れないことだけは出版する上でも気遣っているところではある。

2．幼少期と中学時代

自分の過去を書くのは非常に恥ずかしいし、それをここに示すことが自分で今の自分がこうなっていることを正当化しているみたいで、それも気が引けるが、色々と振り返ってみると納得できる部分はあったりする。過去の自分について自己紹介がてら、今現在で覚えていることと思っていることを書いてみる。

自分の記憶を辿ってみても3歳の頃の記憶など、全くと言っていいほどない。歳を取りすぎたのかもしれない。ただ何か大きなインパクトがあったことだけはなんとなく覚えていたり、大したことでないのにそこにいた情景が思い出せるような事柄もあったりする。人間の記憶っていうのは、どういうふうに何を根拠に構造的に残るのか不思議でならない。それも人によって、当然違っているのだろう。

自分の性格を勝手にここで説明しても、私を知っている人でもそうだと思う人もいれば違うという人もいるだろうから、結局何が正しいのかわからないし、それがそうだというように決めつけるような正解はないのだろうと思う。人は一人ひとり外見が違っていて、内面に至っては何を考えているのかなど全くわからない。だからこそどんな人なのか興味が湧くということがある。人が何を考えているのかなどは、会話や行動で察する程度しかできない。一方、自分自身さえも変わってきている部分はあるだろうし、過去から現在に至るまでの自分が生きてきたことも詳細には記憶が蘇らない部分が多い。

私はのどかな田園風景の中で生まれ育った。4人兄弟で長女を筆頭に3人の男の長男。小学校に入るまでは近所に年齢の近い年上の先輩や兄貴分がいたわけでなく、どちらかと言えば自分が男では大将で、いじめられることもなかった。兄弟喧嘩はするにしても、平穏に毎日遊んでいた。幼稚園も近くになかったので小学校が初めての友達との集団生活だった。入学して早々にクラスの友達と喧嘩して負けて、泣いて帰った。泣いて帰ると親父に怒られた。それから喧嘩したくなくなり、絶対に勝てるような奴としかやらなくなっていたし、なるべく穏便に平和に過ごそうという性格になってきたような気もする。

運動会では徒競走では2番か3番が普通で、弟はいつも1番だし、「父ちゃんもいつも1番だったぞ」と言われていたりしており、自分の運動神経の悪さに落ち込んでいて、動作も鈍いのがコンプレックスになっていた。そして、体が本当に弱かった。風邪でひきつけを起こすこと数知れず、ガリガリの細い少年だった。そして、小学校の低学年の時に肺に曇りがある（おそらく結核の軽い症状のようなもの）と言われて、小学校ではプールに入れなくていつもプールの授業は見学で、今でも泳ぎは大の苦手でクロールはまともにできない。毎週婆ちゃんに連れられて町の医者でお尻に注射を打たれていた。本当にこんなに体が弱くて大丈夫なのかと自分でも幼いながら心配していて、明るい性格にはなれなくてクラスの中でも暗いほうの部類に入っていたのではないだろうか。

なんとなくだが、そんなふうに劣等感を抱いていたというかコンプレックスがあって、「俺は情けない奴だ」と自分で思っていた。そんな心の傷を少し持っていたような記憶が小学校の頃の自分の中で大きく占めていて、楽しかった記憶のほうが隅に追いやられていたような感じだった。だが、一方で悪ふざけが好きで、よく小学校の担任の女性の先生にはゲンコツで叩かれていた。

そんな自分に転機が訪れたのは中学校に入ってからであった。なぜかたまたまだが、中学校1年生のときにそれなりに学業ではいい点数が取れて上位の成績だった。当時を思い出すと、今では考えられないが1位から最下位まで全員のテスト結果が貼り出されて公表されていた。でもそれでどうのとか、いじめも仲たがいもなかった平和な中学時代だった。

そして、1年のときの年賀状に担任の先生から、地元では進学校と言われる高校に入るよう目標を持てと書かれていた。単純にそれで発奮して、勉強すればそれなりに結果を出せることを知って、それからはずっと上位の成績を維持できた。

努力をすれば自分でもできることを知った。とにかく普段はそうは見られないが、意外に負けず嫌いの性格で、しかもその努力を人には見せたくはないという、少しひねくれたようなところがあった。部活動では昔剣道をやっていた祖父の勧めで剣道部に入部し、なんとか弱い体が少しだけ普通になってきたような、そんな感じがしていた。小学校では普通の子だったのに、中学校では井の中の蛙だが、推薦されて生徒会役員になったりもした。そして少しは明るく振る舞えるようにもなってきていた。でも人付き合いは苦手というか、あまり社交的な性格ではないし、地味でおっとりしているところは今も変わっていないと思う。

3. 高校時代と大学時代、その後

意気揚々と志望校に合格できたものの、それから少し気持ちは落ち込んだ。

中学時代は誰にも負けなかったはずの学業の成績が振るわなかった。考えてみれば、1学年50人程度しかいない田舎の中学から県内の中心の市に来たのだから、当然のことだった。学年の中での成績も、勉強はしているものの学年500人中の上位の100番以内にも入れないという結果で、なんとなく自分はこれが限界だろうと決めつけてしまって、それからは必死に物事をなすような気力が起きなくなってきていた。男子校であまり楽しみもなく、なんとなく勉強はやっているけど、当初の志望大学を諦めてランクを落としたりもした。

走ることと関係するのは、その頃に安高駅伝という全校のクラス対抗の駅伝大会があった。クラスで1500mのタイムの上位者10名が選手になって襷を繋ぐ駅伝だった。私は陸上選手でもなく、剣道部もやめて普段全く運動をしないようになっていた。でも50人のクラスの中でタイムが7、8番だったため3年間駅伝選手で走った。当然選手の中では遅いほうだから、必ず抜かれてしまい、苦しさだけしか思い出がない駅伝大会だった。普通に勉強して、なんとなく皆が進学するからその流れに乗って大学に行くということだけだった。取り立てて何か目指すところがあるわけではなくて、将来は農家の長男として跡を継いでいくことになっていたということもあり、土日はいつも農家の手伝いをやって遊びに行くこともない本当に真面目な高校時代であった。

色々と考えて自分の実力も考慮して地元の大学に入ることになった。高校合格のときにも特に何も言わなかった父だが、大学の公衆電話から「合格した」と報告したら、「ほんとに良かったな」と満面の笑みだったことが電話の声からも感じられて、嬉しかったというより、それ以上にそのことが意外で驚いた。特に他を受験していたわけでもなく、どちらかと言えば早く就職して欲しかった父にしてみれば、もし落ちてでもいたら浪人かアルバイトでもするのかとだいぶ心配していたのに違いない。

大学に入ってからは、なんとなく気が抜けたというか余計に緊張感がなくなっていた。勉強しなくてはならないのにあまり真剣に取り組む気力が起きず、バイトや遊びに精を出していたような感じだった。自分自身の目標を見失っていて、なんとなく卒業すればいいだろうくらいの気分でいた。結果として成績も振るわず、また卒業時には就職難のときにぶつかり、就職先が決まらなかった。公務員試験と地元の銀行はことごとく落ちた。筆記試験や内申書も良くなかっただろうし、面接でも自分をアピールできていなかった。やっとのことで4年間で単位は取れたが、就職留年することを決めて、卒論を出さないことにした。

問題は、怖い父にどう報告するかである。自分の中で留年を決めてはいたが、とにかく言い出せなかった。ついには手紙を書いて置いておくという作戦に出た。これは、バイト先のオーナーに相談したところ「そうであれば手紙を書くのが一つあるよ」と言われたからである。それで、父に手紙を読んでもらった翌日に話をした。手紙の中に条件も書いておいたと思う。学費は自分でバイトしてお金の面倒はかけないこととして、なんとか5年目の大学生活を送ることになってしまった。

毎日がアルバイトばかりで、月に2～3回くらいしか大学には行かなくなって、友達と遊んでばかりいたような感じだった。それでも、1年後にまともに職に就けるのか?公務員試験対策の勉強もやったが、結果はやっぱりダメだった。銀行関係も殆どダメで、地元就職を希望していたので、たまたま子会社が県内にある今の会社に就職できた。

それからは、会社員一筋でやってきたら、あっという間に37年以上も経ったということである。今現役の会社員である以上、会社の内容に触れた記述は避けようと思うので、会社員生活の内容は割愛する。

しかし、結婚して農家の長男として農家を継ぐことを辞めて家を出ると決まったときには母には泣かれて辛かったし、その分また恩返しをして親孝行をしないとならないと心に誓ったことはあった。やはり色々なときがあるが、大きな転機のときにそれまでの生い立ちや自分の原点を振り返ってみることが大事と思うというか、振り返ってみたくなってくる。そこで、もう一度これから先の自分のあり方を考えて今何をすべきか、将来にどんな目標や夢を実現すべきかを考える機会が与えられたものと考え、その思いを記録していたりもした。

そんな自分の手書きの雑感を集めたノートを見ながら、そして冒頭に述べたように、振り返る機会が与えられたと思い、その思いを時系列で辿りながら、これからの行く先を考えてみたい。

以下は、数年前にノートに書いておいたメモからの抜粋になる。そしてそれは、自分に与えられていた過去の時間から現在の時間、そして未来に何が繋げられるのか？　そんなことを過去の自分が思っていたことがその後どうなったのかについても振り返ってみたい。そして、環境が変わって海外に赴任してからは、毎日走ることができなくなったこともあった中で、何をやってきて、結果として何がわかったのか?またはアウトプットがあったのかなどを中心に述べてみたい。

4．未来と時間について

未来という漠然とした先のことを話す前に、未来についてある程度でも正解に近い予測をすることができたら物質的な欲しいものを手に入れることができるだろう。競馬も株も所詮、未来を当てるゲームのようなもの。トヨタ自動車の元副社長の故大野耐一氏の弟子は「競馬必勝法は、馬券を馬が走ってから買うようにすることだ」と言ったという。それができればより正しく予測できるし、その確度も上がると。それは、一方では予測や計画はあてにならないから、ギリギリまでそのときを待った上で、時間がほんの少し先のことならその予測精度は上がるということと、変化があったときには短い時間で柔軟に対応できるようにその地力をつけておくということが大事であろうということかと思う。そういうことができるようになれば、確度は上がり、結果を出せる確率も上がるだろう。しかし、皆がそれをやれるようになってしまったら、そうすることの価値は下がることにもなるだろうと思う。

人より抜きん出るために、色々なことを調べたり、過去のデータを分析するだけでなく、未来を予測するための能力を身につけることは過去の失敗を糧にできるから、それなりに勝てる人が出てくるということがあるかもしれない。だからこそ、そこである程度の差はついてくる。だが、当たらないから、当てることの価値が高まり、当てられなかった人からお金や資源を取って当たった人に渡すようなことが商売になったりするのは、所詮はゼロサムゲームのようなものだ。先物取引の成り立ちは基本このパターンであるが、頭を使って経験を知としてうまくやった者が、多くの失った者の上に立つというものだから、上に立った者は、当然努力もしているだろうが、そのように考えてしまうと気分的にはあまりいいものではないだろうとも思う。多くの人に支えられてできたというよりは、蹴落としてとまではいかないにしても他人がなくしたものから得たもので幸福になれるのかということがある。だから、そうやってお金持ちになっても、その人が幸せと思うかというのは違うと思う。そう考えると宝くじで富を得ても虚しくなるのではないかと思ってしまう。だから、基本的には、自分が与えるサービスの価値を認めてもらい、それを買ってもらうことで得られるもの（お金）を利用することが正しい価値の評価であり、その恩恵で得られるものがお金であろうと思う。

予知能力なるものがあれば、儲けを得られるだけではなく、災害や災難も防げるはずだ。しかし、そんなことができた人がこれまでの人類の歴史上いただろうか？　予知能力によって人類の危機を回避できた話など、あまり聞いたことはない。確かに予測されるリスクを最小限にするために努力することを過去からやってきて、色々なことができるようになって文明も発展してきたことは確かであろう。ＩＴの進化によって将来を予測することや天変地異を予測するような精度は確かに上がってきたことだろう。そういった意味で、お金と時間をかけて過去の失敗の経験を生かすことによって人間の相対的な未来予知能力とその精度は上がってきたことは確かではないだろうか。

ここで、時間という相対的には誰でも同じ基準を持っているはずだけど不思議なこの概念を考えてみる。過去の時間というのは確かにあったと自分では記憶しているが、自分が関与していない過去の話をされてもそれは実感がない。しかし、確実に過去の時間というのはあっただろうし、その過去を踏まえて自分が生きていることは間違いない。今思っていたこと、起きていたことが一瞬のうちに過去になるという実感は毎日毎日刻々と実感していることは誰でも一緒である。自分が未来だと思っていた時間が過去になっていく。過去、現在、未来と言葉で概念上分けているが、いつも連続していて、区切りがある感じはなくて、よくわからない。過去の記憶は自分が生まれてから頭（脳）のどこかに入っていることのみしかない。それ以外は、過去の記録で残っている程度であり、過去のものが存在したという事実は認識できる。

そして、未来を考えてみると自分の行く先のところは自分の死しかない。未来に希望を持つということの究極は死に希望を持てというのか、死ぬまでのところで楽しいことでもして、その記憶を作れということなのかと考えてしまう。未来を予測することの中で、自分だけのことを考えると、いつかは死があるが、それまでに残された未来の時間をどうやって過ごしていくのか？　自分がやりたいと思ったことをやって、自分がなりたい自分になろうとしてそうなる。自分が変ろうとして変われることに対する楽しみがあるということはある。期待していたことが実現できたら嬉しいことである。

だから、なろうとした自分になる。近づいていると実感しているその瞬間の今が幸福を感じるときでしかないのではないだろうか。なぜなら、幸せを感じるというのは、今一瞬どう思うか、感じるかしかないと思う。過去の良かったことを振り返ったり、未来の夢を膨らませてそれを想像したとしても、今時点しか自分の感覚っていうものは直接に感じることができないと思うからである。だが、未来に幸せになれるはずだから、そう思って今を生きることが幸せなことだと思う。人間は、将来への期待、希望を持つが、それが夢を持つということだろう。

未来を予測するというテーマからは外れてきてしまったかもしれないが、自分自身で未来を創り出すことが、未来を予測する以上に実現性と可能性があって、やりがいがあることではないかと考える。自分で決めたことでないことで、今の自分の人生があると考えている人もいるだろうが、どんなことになろうとも、誰かに決められたことは少しあったにしても、それを受け入れた自分がいて今の自分がここにいることは間違いないだろうと思う。

何かをなそうと考え、手足を動かすことから始めて、一つの目的を達成しようと行動する。小さなことから大きなことまで全て、それでしかないと思う。自分が求めて何かをしようとするから、少し先の未来を自分で作っている。長いスパンで見られるかどうかということもあるが、結局は自分がいつ頃までに達成しようとした目標に対してどれだけ拘ってやるかで結果が大きく変わってくることは、普通の人なら誰でも理解していることだろうと思う。届かなくて無理だろうと思ったことには始めから手を伸ばそうとしないのが普通の人であり、今はできなくてもいつまでにはできるようになってやると心に誓ったり、やろうと考えてやり続けきた人だけがいつかそこに辿り着いていたりするものだろう。そこまでにあるのはその人の思いと経過する時間の中で何をやってきたか、そしてこれから何をやっていくのかしかない。

　未来には何があるかがわからないからこそ面白いのであって、そこまでの時間で何を行動するのかによって自分の未来が変えられることでしかないとも思っている。しかし、一寸先は闇とも言われるように、本当に先のことは何が起きるのか皆目見当がつかないことが起きることもあるのである。単に経験値では計れない想像を絶することが起きるのが世の常ということだろう。そういうことは起きるかもしれないけど、自分なりにできることをやって未来をコントロールするとまではいかないにしても、自分が思ったことが少しでも叶えられることを、自分の努力でできたら、それだけで充分人は幸せを感じられると思う。だから、幸福を感じられるように、未来を創る努力を怠ってはいけないと自分に言い続けているだけである。

　そんな自分が海外赴任をして3年ほどで帰任はしたが、そのときに思っていたことを記録や記憶で振り返りつつ、それがどうなったのかとこれからどうしようとしているのかについて語っていきたい。

5．海外に初めて赴任した頃

２０１２年2月に初めて海外（マレーシア）に赴任した。それまでに一人暮らしの経験もない50歳のオヤジには厳しい初体験となった。なんせおかずになるような簡単な食べ物でさえ作ったことがないので、食事は外食中心になってしまうだろうということと、会社生活以外の休みなどは何をして過ごすのだろうということが頭の中で多くを占めていた。でも一番こたえたのはやっぱり一人で暮らすという寂しさと何が起こるかもわからない不安だった。それに反して何か新しいことができるという期待が入り混じった中での生活が始まった。そんな中でも絶対に自分の中で決めてやろうとしていたことは、いくつかあった。

当然、一番には仕事をしにここに来たわけであるから、その任務を達成することが第一の優先事項であることは間違いない。健康や体に関することを除いては、何があっても仕事を優先しなければならないのはサラリーマンの宿命である。しかし、ここでは趣味や私生活の領域をメインにしてきたので、仕事の内容については触れないことにする。仕事や会社生活について思うことの記述はあるかもしれないが、事実関係や記録的な内容についての記述は避けようとしているのは、前述した通りである。

海外に初めて赴任した頃から、３年近くが経とうとした頃に思っていたことを自分の雑感のノートに記述しておいた。それをどこかでまとめてみて年月が過ぎたときに振り返り、サラリーマン時代を終える頃に半生をまとめ自費出版しようと考えていた。そして、編集を簡単にするためにfacebookのメモに載せておいた。それをコピーして貼り付けることで、本編作成の時間短縮もできると考えていた。

以下は、赴任した当初に思っていたことを綴ったノートからの抜粋である。だから、現時点の気持ちを書いたものではなく、当時の思いを書いたものである。今改めて見てみると、恥ずかしくて冷や汗が出てしまうような内容と、なんでこんなにも厚かましいことを書いているのか?としか思えない内容ばかりで、記録に残しておくだけにしておきたかったという気持ちもある。しかし、これが有言実行になっているのか、単なるたわごとになっているものだったのかというのも、その後に自分がやってきたことと時間が経過した後の状況でわかることでもあるから、原文そのままで載せてみることにした。

＊＊＊＊＊＊＊＊＊＊＊＊＊＊＊＊＊＊＊＊＊＊＊＊＊＊＊＊

＊2012年3月31日　マレーシアに来て1か月

2月19日赴任してマレーシアに来た。3月には1週間日本に戻ったが、マレーシアに戻り休みを迎えた。土曜日、明日も休み。何をやろうか？全く自由だが、特に何も予定がない。せいぜい買い物に行くのと部屋の掃除でもしようかと。また、久々に自分の『走ること』を初版から読んでみた。結構いいこと書いてあると自画自賛するとともに、あの頃と環境が違って、走ることは難しいかなと。

4年後くらい日本に戻ってからの自分を考えている。マレーシアにいる間に貯金でもして、戻ったら高級車を手に入れた自分をイメージしたり、そのときの自分がどんな気持ちでいるかとか、そんなことを考えつつも、少しだけ虚しくなってくる。先のことばかり考えて、今これから目先でやるべきことをおろそかにしてしまったら、絶対に先は良くならないと思う。今、自分がお金をもらって働いているのは、今の会社に貢献していることが大前提。そこをないがしろにして先のイメージばかり膨らませてもしょうがない。地道に自分のミッションを達成すべく仕事に打ち込む。それが一番だ。4月から新年度、自分が工場のトップになる。工場のトップがなさねばならないことは？　部下の教育、指導というが、どれだけのことができるだろうか？　もしかして、皆優秀で私から学べるようなことがなかったらどうしようかなとも思う。どこに自分の付加価値を見出して、価値を向上させることができるかと考えたときに、マレーシアのメンバーはマレーシアしか知らない。俺は国内でやってきた。今までやってきたこと、考え方も教えられることはあるはず。純粋に正しいこと、成果が出るはずのこと、それらを導き出す近道や考え方のところに自分の付加価値を見出さないとならないだろう。

そうやって毎日仕事をきっちりやっていく一方で、将来の自分のための種まきとして2つ最低限意識してやっていこうと思うことがある。

1．走ること

2．メッセージや雑感をまとめて本にする

そして、2は定年後の趣味から本業に持っていきたいということもある。

そのために自分の能力をもっともっと上げなければならない。どうするか？　本を読んで、本を書くことの基本からプロの作家になれるような文章を書く訓練をする。そして、これらのメモを活用して、構成をどうするか。次の本のネタが集まってから第3弾の『走ること（海外編）』を刊行したい。

インターネットやfacebookも使ってそこから本を買ってもらう。そうすることで、1000冊くらい売れて100円位入ってくれれば10万円。これを平成24年末の目標としてみよう。

更に翌々年平成26年末には1万冊売って100万円（これでようやく、当初の20万円程度の投資回収）

そして日本に戻る前の平成28年中に10万冊売れるベストセラーを書く。これで1000万円。これでレクサスと別荘と両方手に入れる足掛かりにしよう。まあ、夢のような話でもいいではないか。

1つ趣味では目標を固めつつある。それに向かってやっていきたい。

＊2012年4月8日　夢を持つとは

夢を持つとは、未来に対して自分が楽しいことをやっている姿がイメージできて、それに向かって今日、今からやるべきことが繋がっているときに、その夢が実感として夢だけでない現実的な将来の姿としてくっきり浮かび上がってくるようになることで、夢が叶えられるようになるのではないかと思う。

だから、夢を夢で終わらせないためには、それを実現するための手段を考え、一つ一つ実行に移していくことでしかない。その手段ベースが妥当でないから、目標が達成できないだけとも考えられる。そして、一人で何となく思っていても、夢は達成できない。この世の中はというと大げさかもしれないが、自分一人でできることは殆どと言っていいほどないと思う。生きていくために必要なものを自分一人で手に入れることなど到底無理で、あらゆるサービスをお金を使って享受しているわけだ。そう考えると、白分の夢を達成させるためには、協力者がいて、応援者がいないとできないだろう。

夢や目標を達成させるためのネックになるのが自分の中にある、できないだろうと思う疑いの思いとそんなに大変なら諦めてしまうということ。そして、チャレンジすることによっての失敗リスクを考えて躊躇してしまうことだろう。当然ながらお金が全てでないとはいっても、自分が欲しいというものやサービスを手に入れるにはお金が必要。でも年収500万円のサラリーマンが2000万円欲しいと言っても、その会社のトップにでもならない限り殆ど叶えられない夢でしかない。または、起業でもして一発狙いではないがそのくらいしかないだろう。

今の自分にそこまでの決意や自信、確信が持てるものがない限り、殆どそれもありえない。そう考えていくと、私は自分の会社である程度の地位というと変だけど、責任ある役割を任せてもらっている。将来的に自分が期待されているかは定かではないが、ここにいられることに感謝しつつ、この会社でもっとパフォーマンスを上げて結果を出すことが今の自分に一番求められていることだから、現時点では、趣味の走ることも、半分冗談の将来に向けての執筆活動も、とにかく仕事の次にしないとならない。だが、仕事での成果は無難なところに目標を置くだけでは、一流のサラリーマンとは言えない。どこにも負けない会社を作る。強い工場を作って結果を残す。これを一番に考えて、そのための手段を一つずつ組み立てていかなければならない。

そんな中でも、趣味の活動をどうやって充実させ、3年から5年先の計画を立てて自分にとって最大の成果を出せるところを目標として置いておくことは大事だと思っている。そのために今、種をまいておくか、一つずつ積み上げるようにしていきたい。一つ具体的にイメージしているのは、4年後の55歳のときに「ふくしま駅伝」の大玉村代表で出て、そこで珍しさから取材を受ける。そのときに今まで書いた3冊の走ることの著書をアピールする。そこでブレークさせて、10万部のベストセラーにするきっかけを作る。そこで副業としての一つの目標を達成できたと言えるかもしれない。そこを一つイメージしてやってみよう。

それをターゲットにして日々精進する。そうすることによって、より鮮明に小さいかもしれないが自分の夢に少し近づけるかもしれない。そう信じて頑張って今の力を維持していく。あと4歳を取っても今と同じパフォーマンスを出すということは並大抵の努力ではいかないだろうということも、何となくわかっている。しかし、できるはずだ。やれるはずだと自分に言い聞かせて、トレーニングを継続していけば、目標は見えてくるはずだと思う。

＊平成24年4月11日　週末ランニングで思うこと

平日走らないで、土日だけ走っていて思うことは、やはり2月以前のような脚力がなくなってしまったということがある。以前毎日走っていたときと比べると軽快さがないというか、足が少し張っているような感がある。やはり週の中で1日くらいは走らないと体がほぐれないし、膝に来ている感じがすっきりしない。

今から「ＫＬマラソン」まであと２か月くらい。やっぱりフルはきついかな？でも２か月あれば間に合わせられるとも思う。ゆっくりでいいが、走り切れるだろうか。３年継続してきたことをここでやめてしまうのも勿体ない気もするし、まだまだやれるということを自分で確かめてみたいし、それに向かってチャレンジしていこうとすることによって一つまた目標に向かい、走る自分を内側から自分を応援するではないけど、気分を盛り上げて気持ちを乗せていきたい。ここ１週間は、日本に戻ってからのことなども考えていたが、マレーシアでもっと地に足をつけてやることを一つ一つクリアしていきたい。

まずは海外マラソン初挑戦をやってみるか。眠気はまだ抜けてなくて、体が慣れていないのか、朝すっきりと目覚めることができていない。日曜日にご飯を炊いて１週間分のご飯に簡単なインスタントもので食べてるが、これも飽きてくる。もう少し品数を増やしてカロリー低めの健康に良さそうな食事をとるようにしたい。週１回は禁酒したい。深酒はしなくなったが、毎週末は居間でその場でダウンするまで飲んでしまっている。

３週間前の日本出張で痛めたノドが、どうも調子良くない。走って鍛えるか、来週からは平日にも１回は走れるようにしたい。そして週末は２日10㎞以上走れば、フルは４時間くらいでは走れるだろうと思う。ただ、３時間30分を目標にするには完全に練習不足であることは間違いない。朝時間を取って走らないと厳しいかな。

＊平成24年4月15日　未来日記を書く

未来にこうしたいというか、こうなっていたい。その思いを今からもずっと思っていると、必ず実現できる。そう信じて、それに向かってやっていく。やるべきことをやっていく。

5年後のある日

＊＊＊＊＊＊＊＊＊＊＊＊＊＊＊＊＊＊＊＊＊＊＊＊＊＊＊＊＊

朝5時起きで、日課となっている朝ランを終え、いつも通り会社に向かう。会社では問題が起きてなく、主体的に改善の課題をこなしている。自分がアドバイスするポイントも減ってきてしまったが、負けないように、現場で課題を見つけていくよう心掛けている。午後6時前には帰る準備をして、残っている部下に声をかけて退社する。レクサスのエンジンをかける。今日は週末で、会員制リゾートクラブのホテルに泊まる予定だったので、お気に入りの音楽をかけて自宅を経由して妻と出かける。ホテルでは最上階のラウンジで一番高いワインを注文し、おいしい食事とともに今週末まで働いたことのお疲れ様会をやる。ちょっとプチセレブになった気分だ。

次の日。晴天に恵まれ、朝からホテルの周りを5㎞ほどランニングして汗を流し、シャワーを浴びてから、仙台に向かってドライブすることにした。仙台までの高速は安定感のあるレクサスで快調に飛ばし、もっと走りたかったが、昼食はカキの料理を食べる。車があるので酒は飲めない。買い物をして帰る予定だったが、急遽仙台に泊まることにしてホテルを予約。夜は牛タンでビールと日本酒がうまい。またまた今週末、ちょっと贅沢をしてしまったかなと思ったが、まだまだ貯金は山ほどあり、著書の印税もあと1000万円ほど入ってくる予定だ。

日曜の朝を迎えると、明日は仕事だから、早く帰って自宅でゆっくりしようとなる。午前中に買い物を終えて、自宅に向かうと午後3時近くになり、車をガレージに止めて、改めてキャッシュで買った700万円のレクサスが光っているのを眺めてしまう。明日もまた、元気で働けるのは体が資本だから、今日も夕方に走っておいしいビールを飲めるようにしよう。会社でも責任ある立場になり理想の車もリゾートマンションも手に入れることができた。ある程度は自分の自己満足は叶えられるようになったが、もっと上と考えるとこれまたきりがない。

次の5年後に何を目指して頑張るか、定年後の自分がプラプラしてないようにするためにも、今一番好きなことで60歳過ぎても仕事を続けるということがある。本を書いて印税で儲けるだけでなく、社会に何らか貢献できるかをある程度定年までには考え、構想を練った結果で計画はできている。そして、体が動く限りは身体を動かした仕事もしたい。家族や親族にも還元できるくらいの財を作って、身近な人が困っているときには助けてやりたいし、その程度はできつつある。

あとは、60歳、70歳という歳になって、どこに自分の最大の目標を掲げて進んでいくかの道しるべを日々の中で探しつつも、毎日を楽しく充実した気持ちで暮らしていきたい。そして、自分の欲望もあまり抑えるのではなく忠実に生きていくことが生きがいにも繋がっているだろうと感じていた。

そんな5年後のある日だった。

＊＊＊＊＊＊＊＊＊＊＊＊＊＊＊＊＊＊＊＊＊＊＊＊＊

ちょっと自分で書きながらいやらしいなと思いつつも、そうなりたいなーとその時点で思っていたことだ。5年後になったらまた違った考えが浮かんで、全く違う路線になっているかもしれない。だが、現時点ではそんな5年後の未来日記を書いてみた！

＊平成24年4月30日　連休中に思うこと

マレーシアに来てから初めての4連休中の3日目。

去年の連休の前半は震災対応の出勤。後半は猪苗代、那須などに出かけて泊まりに行ったり、ランニングしたのがなつかしい。昨日はようやくこの灼熱のマレーシアで外を10㎞走った。昼からはKLCCに行って、ビールを飲んで食事をした。明日で連休は終わり、海外だから日本のような大型連休はない。連休中は毎日外食になってしまったが、それなりに節約はしつつも貧乏くさくならないようにやっていこう。使うときは使って、締めるときは締めていこう。

いずれにしても休日は暇なので、勉強の時間に充てたい。読書、英会話、少しずつやっていかないと英語力も上がらない。会社ではあと1月程度で自分がこちらでのトップになる。プレッシャーを、いい意味での緊張感に変えられるようにもしていきたい。人を見ていかないとならない。人を育てていくのにどのようなプログラムを作ってやっていくかも、自分で決めていかないとならない。

　国内からの支援の話が出るが、どういうものだろう。何をやってもらうべきなのか、まだ腹に落ちていない部分がある。ということは、あまり私自身が必要性を感じていないということなのだろうか？　いずれにしてもあと2週間のところで、暫定でも案を提示できるようにしていきたい。マジメで固い話ばっかりだねー……。

＊平成24年5月1日　1年後について考える

　昨日は1年前のことを回想していたが、今日は1年後のことを考えてみよう。

　今これから1年かけてなろう、やろうとしていることがそのまま1年後に出るだけだとも思う。このままの状態で英会話を学ぼうとしなければそれはそのままだろうし、会社においても1年後にはここをこう変えて、こうなっていたいという思いからくる、明日からやるべきことが定まっていなければそうはなりえない。

　そう考えると種まきとよく言うが、何か月か後に花が咲き、実がなるようにさせるには、仕込んでおかないとならない。ただ、事前に準備して放っておいても前に進んでいくものはいいが、自分で毎日水をあげたり、予想外の天気や災害に出くわして特別な対応をしないとならなくなるということが必ず発生するだろう。

そのときに考えるのは、今一番優先してやるべきことは？とその場で考え、判断することだろう。場合によっては、その種まきを諦めて、次の畑を一から探して耕すことが必要なこともあるかもしれない。そんな種まきに例えて考えると、毎日の中でも同じようなことがたくさんある。

今日も外食して飲むべきか、お金はかかるし、もう毎日飲んでしまっていて体の中のアルコール摂取量がオーバーしていて、肝臓も苦しんでいるのかもしれない。毎日このような夕食をとっていると、入ってくる分は同じなのだから残る分は減る一方。そして体調も崩すかもしれない。かといって、毎日ご飯を炊いておかずを作ってつつましやかに食べるのは技術的にも厳しい（料理ができない）から、どうしてもレトルト食品とカップラーメンや自分が作ったおにぎり程度の朝食で食を賄っているがどんなものだろう。多分1か月やって、特に問題なさそうだし、体重も60～61kg、体脂肪率も17～8と安定していて特に悪くなってはいない。酒も強い酒を飲んではいない。普段はビールで、週末はワインや焼酎を飲んではいるが、肝臓にはそれほど迷惑かけてはいないだろう。

運動のほうは、外がとにかく暑くて本当に限界なので、どうしても室内でのランニングマシンになってしまっている。心肺機能はある程度維持できつつあると感じてはいるが、脚力は落ちてきたとは感じる。緑ヶ丘の坂をガンガン下り、上り、週末は15㎞から20㎞走っていた頃の足は全然違っていた。特に膝が弱くなってしまってきていると感じる。平日、会社の階段を降りるときに膝の痛みを感じることがある。毎日走れれば一気に戻るのだろうが、暗い中AM5時に外を走る気力が出ない。だから、平日も2日くらいはランニングマシンで走りたいところではある。

どんどん1年後の話とずれてきてしまったが、1か月生活してみて大体の生活パターンと自分でやるべきことがわかってはきた。プライベートでこのパターンの繰り返しをして1年経つとどうなるのかと考えると、あまり成長しないだろうということである。つまり、体は継続的に鍛えていきつつあるが、それ以外のスキルアップのための自己啓発ができていないというのが一つの反省としてある。それは、普段の日も勉強する、休日も読書をするなどの時間を取っていないから、そう感じるのだ。だから、こうしよう。平日は1日に30分程度は読書か英会話の勉強をする。英会話は、必要があれば他人に教えてもらうことも考えていいと思っている。どこかの飲み屋のおねえさんでもいいから教えてもらって、会話をするようにでもしてみたい気もするが、その機会はなかなかない。それと、週末はもっと読書をして見聞を広めよう。6月後半からの自分塾開催に向けて、英語の会話力アップも兼ねて一石二鳥を目指したい。

そうやって毎日が充実していると自分自身が実感できるようになってくれば、1年後は自ずと自分が思い描いたところに行けそうな気がする。短い1年で3巻目の本を書くより、こちらでやるべきことを掘り下げた結果で走ることとどう繋げられるか、それは2年かかってもそのほうが中身のある本を書くことができると思う。

この歳では、ランニングの大会で上位入賞を目指すことはもうありえない状況だから、これからはもっと普遍的に多くの人に共感できるものを見つけたい。そうすることが自分でも大きな達成感が得られると考える。自分の会社における役割は何か、それを一番果たした上でそれ以外のことに手を広げることが大切であり、そうしないとならない。今の本業はこの地での責任者として会社に貢献し、それで給料をもらっている。それを充分に果たした上で、次に自分が好きなこと、やりたいことに没頭できるということがある。だから、1年後にこうありたいという前提はマレーシアの責任者に本田がなって良かったと周りに思われるような成果を出すこと以外にはありえない。だからといって、それだけで邁進してうまくいかなくて落ち込んでしまうこともありえないことではない。

5月いっぱいで先のあるべき姿を書き表してみる。そして、自分自身が1年後にどうなりたいのか、周りの人とどう関わりを持ちたいのか、もう一度真剣に考えて追求してみたい。走ることを極めることは、この環境では厳しいことがわかってはきたが諦めない。これはこれで、中途半端にならないように途中で途切れないようにやり続ける。すると、その先に新たに挑戦すべき課題も見えてくるだろうし、そうありたい。

1年後は今よりもっと良くなっている。今よりもっと強く元気になっている。そして結果が出て、皆と喜び合える。そうなりたい。詳しく、具体的にはこれから一つずつやるべきことをコツコツとやっていくようにしたい！

以上が、マレーシアに赴任して1～2か月に思っていた雑感である。本当に今でもやろうとして真剣に取り組んでいることと諦めつつあることもあったりする。やはり自分の思いを、初心忘るべからずで、そのモチベーションを維持し続けるのはなかなか大変だなと今更ながら思っている。だからこそ、こんな長い文章を書いて自分にプレッシャーを与えながらも「できたら面白いな。できなかったら笑われるだけだな」という感じで、遊び心でやってみている。まずは、海外に来てから趣味の走ることはどうなったのかのところを述べていこう。

6．マラソン大会に参加して思うこと

２０１２年の２月に赴任してからの３年２か月の間に、４回のフルマラソン大会とそれ以外では９回、マレーシアでのマラソン大会に出場した。海外赴任前までは、できるだけ毎日朝ランをやっており、その頃と比べると月間の走行距離も半分以下に落ちて、平日は全く走ってないので同じような体力、脚力は全く維持できていなかった。そんな練習不足の中でも、大会に参加することによって普段は週末だけでも走るというモチベーションを維持してきたような気がする。そんな中での海外のマラソン大会の結果を振り返って整理してみた。

（1）ＫＬマラソン（フルマラソン）２０１２年６月26日

◆**結果**　記録４時間13分01秒　キロ５分59秒ペース

順位　１５３位（９８２人中）ＭＥＮＳ　ＶＥＴＥＲＡＮ

◆スプリットタイム

10km　　　58分27秒　キロ5分51秒
20km　1　1　5分40秒　10〜57分13秒　キロ5分43秒
30km　1　7　2分21秒　20〜56分41秒　キロ5分40秒
42km　2　5　3分01秒　30〜80分40秒　キロ6分37秒

◆状況　直近3か月の月間走行距離平均86km（殆どが室内のランニングマシン）と練習不足の中で臨んだ海外初マラソン。受付や駐車場などもわからず困り切って路上駐車をして、と精神的にもやる気も不十分であった。とにかく走り切れるかわからなかった。AM4時30分というスタートに合わせての食事や睡眠も十分でなく不安だった。

◆感想　30km以降がとにかくきつかったに尽きる。AM4時30分暗い中でのスタートから近くの人の熱気を感じるほどムシムシした暑さだった。想定ペースはキロ5分40秒程度で、後半は大きく崩れるだろうという予測通りの結果となってしまった。しかし、走り出して10kmくらいで4時間のペースメーカーが見えてきたので、これを目安にして走ってなんとか35km以降で置き去りにすれば4時間は切れるだろうと走った。だが29km付近でおかしい、ついていけない。そして30km過ぎにペーサーも見えなくなった。明らかにスピードが落ちて、ついには坂を走れなくなって止まって歩いたこと数回。あと10km近くあって、本当に完走できるか？？というきつい走りになってしまった。気力で補えないのが自分の走力。ここまでかという感じだったが、なんとか最後までは辿り着いたもののボロボロの完走。きつかったー。

これでフルマラソンのワースト記録を更新し、初めての4時間超えとなった。

まだ暗い中のマラソンスタートで、暑い時間を避けるということだが、日差しが出てくるゴールの頃はもう灼熱の南国

（2）いわきサンシャインマラソン（フルマラソン）２０１３年2月10日

◆結果

記録　３時間57分36秒　キロ５分38秒ペース

順位　１４３位（５３１人中）男子50～59歳

◆スプリットタイム

10km　55分12秒　キロ５分31秒

20㎞　108分50秒　10～53分38秒　キロ5分22秒
30㎞　167分01秒　20～58分11秒　キロ5分49秒
40㎞　226分25秒　30～59分24秒　キロ5分56秒
42・195㎞　　　40～11分11秒　キロ5分05秒

◆**状況**　直近3か月の月間走行距離平均96㎞（1月は122㎞。前回の反省から殆どはロードの走行距離）。マレーシアから正月の帰省で走行距離を増やし、2月の国内出張に合わせて参加することができた。そこそこに4時間切りはできるだろうと踏んで臨んだ冬のマラソン。いつものマレーシアの暑すぎる環境と比べると涼しくて（寒くて）走りやすかった。週2回程度の練習にはなっていたが、その中で1キロ4分を切るポイント練習も入れてみて、心肺と足に刺激を与えてきた。

◆**感想**　4時間切りで走れるだけの練習はしてきたと思って臨んだ海外赴任後2回目のフルマラソン。当初はキロ5分30秒程度で行けるところまで押せばあとはなんとかなるだろうという作戦で行く予定だった。一緒に走った初マラソンの遠藤君が、そこそこに5分10秒台で行ってくれたのでそのペースで20㎞までは行けたが、その後28㎞過ぎからガクンとペースが落ちた。35㎞まではそのペースダウンに一緒に付き合っていたが、35㎞

で4時間切りが危ういペースになってきたので、そこからスパートをかけることにした。キロ5分を切るペースで走ってなんとかギリギリでサブフォー達成はできた。足の痛みはあったが、それを押して走ったらなんとかなったという感じだった。やはり直近の練習で地足ができてたからなんとか走れた。そんな感じだった。

(3) マレーシア国際駅伝(3km×5人のリレー) 2013年5月26日

◆**結果** 記録 不明(わからない) ペース不明
順位 42位(男女混成チーム)

◆**スプリットタイム**
1区男、2区女、3区私、4区女、5区男いずれも区間記録も取られておらず、最終結果でのクラス順位しかわからない。私の3区は3kmのはずが、手元のGPS時計によれば2・5kmしかなかった。計測した結果9分30秒。1km毎に3分38秒、4分5秒、1分47秒(500m)という結果だった。

◆**状況** 直近3か月の月間走行距離平均80km。とにかく練習ではジョギングだけだったが最後の1kmに80%程度の3分台の全力走を入れるようにはしてきた。私以外のメンバーはジョギングもあまりやっていない人たちで、エントリーはしたものの、無事に襷を繋げて完走できるか不安があった。

◆**感想**　久々に本気走りをしようと意気込んでいたが、結構な暑さでその気力が失せてきた。トップで走っているグループは別にして、殆どは駅伝といってもジョギングで襷リレーをしているという感じだった。2区から襷を受け取って走り始めてどんどん前を走る人を抜いていったが、10数人くらいしか抜けなかった。最後の1㎞は気合いを入れて走ろうとしていたら、500mで中継所が見えてきてびっくり。いい加減な距離設定だった。あっという間に終わってしまったので、4区、5区までジョギングしてきた。

(4) ライブグレートラン（12㎞）2013年9月15日

◆**結果**　記録56分16秒　キロ4分40秒ペース

順位　11位（?人中）MENS　SENIOR　VETERAN

◆**スプリットタイム**

5㎞　21分42秒　キロ4分20秒

10㎞　45分06秒　5〜10　23分24秒　キロ4分41秒

12㎞　56分16秒　　　　　　　　　累計キロ4分41秒

◆**状況**　直近3か月の月間総距離平均84・4㎞。外ランが中心にはなりつつあったが、いかんせん週末ランだけでは力がつかないことはこれで証明された感じ。とにかく週末に7㎞程度しか走ってないのだから、12㎞走り切るのは厳しい状況だった。

◆**感想**　当初の想定ペースは、キロ4分20秒。後半に余力があればもっと上げるということだったが、全く逆になってしまった。前半4分20秒で行けたが、後半上げるどころか、下がる一方で、情けない結果に終わった。10㎞以降が完全に5分以上に落ちて、それを4分に戻せる気力も起きなかった。完全なる練習不足。7㎞ランで最終1㎞を3分台で走ろうが、全く力はついてなかった。

(5)　LARIAN　GEGARマラソン（10㎞）２０１４年5月4日

◆**結果**　記録47分30秒　　キロ4分45秒ペース

順位　4位入賞（?人中）MENS　VETERAN（40歳以上）

◆**スプリットタイム**　不明（計測忘れた）

◆**状況**　直近3か月の月間総距離平均67・2㎞。週末ランで距離を伸ばせなかったので、

マレーシアのネット上で写真がアップされてて、そこからコピーできた。完全に単独走に見えるが、大会です。前後にランナーがいないだけ。

10km走れるか不安な中のスタートだった。

◆感想　当初の想定ペースや気負いは、全くなし。4分30秒くらいで行ければいいかと思っていたが、坂が多いコースだとはわかっていたのでかなりきついと思いつつ走ったが2週目は本当に坂でばててしまい、よれよれのゴールできつかったが、入賞できたのはラッキーだった。

(6) MIZNO　WAVE　RUN（10km）2014年8月24日

◆結果　記録43分15秒　キロ4分20秒ペース

順位　3位入賞（?人中）MENS　VETERAN（40歳以上）

◆スプリットタイム

5km　20分55秒　キロ4分11秒

10km　5〜10　22分20秒　キロ4分28秒
　　　　　累計　キロ4分20秒

◆状況　直近3か月の月間総距離平均79・8km。距離は走れていないが、坂道ランを取り入れて半年前よりはレベルは低いが力はついてきた感はあった。

◆感想　当初の想定ペースは、キロ4分20秒。平坦なコースだからイーブンで押せるかと思っていたが、後半はやはり予想通り崩れた。

記録は大したことなかったが入賞して賞金ゲット！現地でのラン友さんらとも記念撮影できて、いい思い出になった。筆者は写真下中央の白Ｔシャツ。

(7) LION PARKSON RUN(10km)2014年9月14日

◆結果　記録48分?秒　キロ4分45秒ペース
順位　?位(?人中)

◆スプリットタイム　不明(計測してなかった)

◆状況　直近3か月の月間総距離平均86・9km。全く気合いは入っていなくて、ジョギングがてら参加しようとした大会。

◆感想　大会開始前の大雨でテントで待避していたが、小雨の中スタートした。マレーシアにいて外で寒いと感じた中でびしょ濡れのスタートだった。前半はジョギングで身体を温めてから、せめて前を走っている女性ランナーだけは全部抜きたいという思いで後半だけ頑張ってみた。

(8) KLマラソン(42・195km)2014年10月12日

◆結果　記録4時間10分55秒　キロ5分55秒ペース
順位74位(　人中)MENS VETERAN(40歳以上)

◆スプリットタイム

10km		58分27秒	キロ5分51秒
20km	115分40秒	10〜57分13秒	キロ5分43秒
30km	172分21秒	20〜56分41秒	キロ5分40秒
42km	253分01秒	30〜80分40秒	キロ6分37秒
		累計	キロ5分57秒

◆状況　42km走り切るのは厳しい状況だった。

◆感想　当初の想定ペースは、キロ5分30秒。後半に余力あればもっと上げるということだったが、全く体は動かなかったし、前半はキロ5分台で行けたが後半は暑さもあって、走ってるより歩き程度の早さでトボトボとにかく完走だけを目標にして、やっとの完走だった。1回目よりはほんの僅かタイムは良かったが、フルでのワースト2の記録を叩き出した。

(9)ライブグレートラン（12km）2014年11月9日

◆結果　記録48分59秒　キロ4分38秒ペース

順位7位（?人中）MENS　VETERAN（50歳以上）

◆スプリットタイム

5km　21分40秒　キロ4分20秒

10km　45分4秒　5〜10　23分24秒　キロ4分41秒

累計キロ4分36秒

◆状況　直近3月の月間走行距離平均は109kmと、マレーシアでは走れてたほうだった。週末以外も週一位はジムで走ってはいた。

◆感想　当初の想定ペースは、キロ4分20秒で最後まで押したいと思っていて、後半に余力があればもっと上げるということだったが、やはり今回も後半どんどん落ちた。しかし、なんとか同じ前回の大会より38秒タイムを縮めてなんとか7位入賞できたのはラッキーだった。

(10)　PJハーフマラソン（10km）2014年12月7日

◆結果　記録42分30秒　キロ4分15秒ペース

順位　8位（?人中）MENS　VETERAN（40歳以上）

◆スプリットタイム　不明

◆**状況**　直近3か月の走行距離平均94・5㎞で普通に走れてはいた感じ。
◆**感想**　当初の想定ペースは、キロ4分20秒で押そうと思っていたが、コースが平坦だったこともあって、そこそこに走れた。4分15秒で行けたのは自分でも満足だったが、同年代のメンバーが早すぎて順位は今一つの結果だった。ゴール後に6位だと言われて表彰の場所に向かうと8位だよと言われ、ちょっとがっかり。

(11) スポーツTOTOクロスカントリー（7・5㎞）2015年1月25日
◆**結果**　記録36分30秒　キロ4分52秒ペース
順位　4位入賞（?人中）MENS　VETERAN（40歳以上）
◆**スプリットタイム**　不明（計測忘れた）
◆**状況**　直近3か月の月間総距離平均98・4㎞。そこそこには走れてなんとなく行ける感じのスタートだった。
◆**感想**　結構坂がきつくて疲れて後半はバテバテであった。

⑫ サースティーランナー2015（7㎞）2015年3月22日

◆**結果**　記録30分0秒　キロ4分17秒ペース

順位　2位入賞（?人中）MENS VETERAN（40歳以上）

◆**スプリットタイム**　不明（計測忘れた）

◆**状況**　直近3か月の月間総距離平均120・5㎞。マレーシア赴任中では最高に走れていた。なんとしてでも入賞はしたいという感じで走り出した。

◆**感想**　結果として、これがマレーシアでの最後の大会参加となった。いつもの速そうな中国系のランナーに付いていったが、結局負けて2位止まりではあったが、既に帰任が決まっていたこともあり、終わってみてこの灼熱のマレーシアを駆け抜けたという感慨ひとしおの大会となった。

6．マラソン大会に参加して思うこと

何度か表彰台に立たせてもらったのがいい思い出となった。上の写真右から３番目でキョトンとしてるのが私。

全員同じＴシャツで参加するのがマレーシア流

マレーシアでの参加大会のダイジェストは以下の通りで、
こんな鈍足でも入賞できたのが嬉しかった。

回数	年月日	年齢	大会名	km	記録	順位	一言コメント
					ラップ/km	入賞	
22	2012/6/24	51	KL マラソン 2012	42.195	4 時間 13 分 1 秒	153/982	しんどかったにつきる。完走がやっと‥
					6 分 00 秒		
24	2013/5/26	52	マレーシア国際駅伝３区	3	9 分 30 秒	49/ ?	3区3kmのはずが2.5kmしかなかった
					3 分 48 秒		
25	2013/9/15	52	LIVE GREAT RUN 2013	12	56 分 16 秒	11/ ?	mens senior veteran
					4 分 41 秒		
26	2014/5/5	53	Larian Gegar for agathians 2014（malaya.univ）	10	47 分 30 秒	4/ ?	マラヤ大で坂のコースきつかったが入賞
					4 分 45 秒	4 位入賞⑤	
27	2014/5/29	53	Mizno Wave Run 2014	10	43 分 15 秒	3/ ?	Over39で入賞し記念の盾もらう
					4 分 20 秒	3 位入賞⑥	
28	2014/5/30	53	Lion Parkson Run	10	48 分 0 秒	8/134	どしゃ降りで一時中止かと思いきや遅れてスタート
					4 分 48 秒		
29	2014/10/12	53	KL マラソン 2014	42.195	4 時間 10 分 55 秒	24/ ?	24位はM50-59だが暑くてきつかった
					5 分 57 秒		
30	2014/11/9	53	LIVE GREAT RUN 2014	12	55 分 38 秒	7/ ?	mens senior veteranでなんとか入賞
					4 分 38 秒	7 位入賞⑦	
31	2014/12/7	53	PJ HALF MARATHON	21.1	42 分 30 秒	8/ ?	Over40で6位と言われたが、表彰で8位？
					4 分 15 秒	8 位入賞⑧	
32	2015/1/25	53	Sports toto ftkla cross country 2015	7.5	36 分 30 秒	4/?	結構坂がきつかった
					4 分 52 秒	4 位入賞⑨	
34	2015/3/22	54	thirsty runner 2015	7	30 分 30 秒	2/?	Veteranクラスでマレーシア大会最後の入賞
					4 分 17 秒	2 位入賞⑩	

6．マラソン大会に参加して思うこと

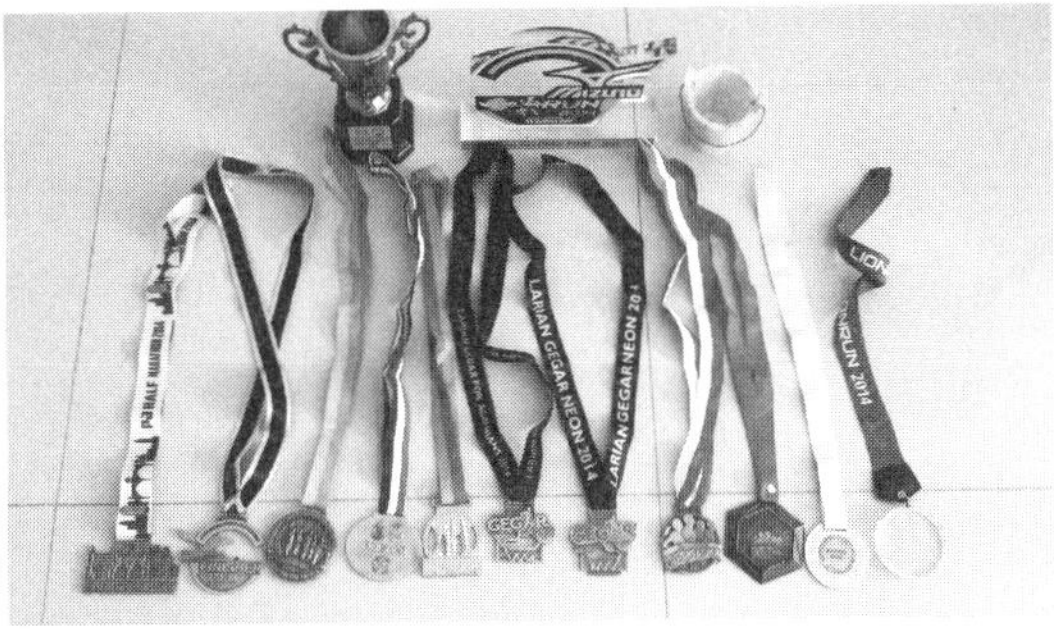

毎回の大会参加でＴシャツが貰えてどんどん増えていって、入賞メダルがあって、入賞すると現金の他に色々な小物が貰えて面白かった。

7. 海外での生活

海外赴任は3年2か月程度ではあったが、色々と日本では全く考えられないようなことも経験しつつ、慣れてきたようなまだまだ慣れてないようなそんな感じの状況であった。その頃を回想しつつ、振り返ってみたい。

会社に行けば、そこは仕事としてやらねばならない課題と人との関わり合いなど、ある程度は慣れてきた部分もあったが、そこに行くまでと休みの日は、以前日本にいた頃とは全く違った生活になってしまってきており、それに適応していくのはなかなか厳しかった。

朝起きて会社に行く時間が6時30分だが、まず暗いので気分が乗らない。今日も会社で仕事をやるぞーというスタート時に真っ暗な中での出勤がちょっと嫌だった。慣れてはきたが、20年以上やってきた出勤時のパターンとの違いがちょっとリズムを狂わせているような気がする。それとこの現地の気候。寝るときに暑いのでエアコンをかけるが、スイッチ付けっ放しはうるさいし、なんとなく嫌なので寝る前に消すと朝方というか4時頃に暑くなって目覚める。日によっては首回りと背中にびっしょりと汗をかく。だから完全にシャワーは朝にして、すっきり汗を流してから出勤する。これが十分に深い睡眠を取れない理由になってしまっていて、本当に慣れるまで日中眠くて辛いということが続いた。そんな生活パターンに体を慣らすことにも数か月かかったような気もする。

休みの日の過ごし方は、それなりにはこの地にいることを楽しもうとは思っていたが、あまり毎週外出して一人で探索するような気が起きない。そんなパターンなので、週末に飲みに行って夜中に帰ってから次の朝は遅く起きて、大した食事もとらずにTVを見たり、インターネットをしたりした後の夕方にちょっとだけ外を走るという、そんなパターンになってきてしまった。

そんな中で、海外駐在員の生活として、どんなことに多くの費用が費やされてきたのかを家計簿的にファイルに入力しておいた。それを分析すると、何をやってきたのかわかるので、以下に簡単に紹介してみる。２０１２年４月から２０１３年３月までの１年間の内容となる。

当然ながら1年間３６５日。そのうち出張と自費での帰省を含めて日本に戻っていた日数が45日あるので、実質の海外での駐在日数は３２０日。３２０日のうち96日は休日だったので、２２４日が会社に行った日数になる。正確には休日でも会社に行った日もあるが、それは除く。そこで費やしたリンギット（マレーシアの通貨）での費用を円に換算して日本円ベースで見てみた。当時というか7年ほど前は1リンギット30円程度だったので、それで計算してみる。実際には為替で大きく変わってしまうので、日本円ベースで高いのか安いのかというところはかなり振れてしまうが。

①生活費に占める食費の割合

夕食の食事と飲みベースの食事を分けて集計していたが、基準は食事がメインだったか酒の量から飲むことがメインだったかで分けてしまっていてボーダーがはっきりしないが、食事回数132回、飲み回数67回と合計199回外食で在マレーシアの320日中の62％を占め、結果として均すと3日に2回近くは外食、飲み会というパターンだった。そして昼食は170回。会社に行った日数の76％となっているが、実際には記録の漏れ？と昼食付きの会議などがあって感覚的にも95％以上昼食は外食になっている。

そしてその回数で使ったお金は1年間の生活費の55％になっていた。外食が55％というと高い感じがするが、とにかく出張者の応対が多いここにあっては外食メインにならざるをえないパターンで、油を使った高脂肪の食事とアルコール漬けの食事になってしまってきているのはやむなし。それに日常の食材がメインの買い物の費用が22％で、それと合わせると食事と買い物で77％を占める。殆どが食事関係だとしたら、とんでもなく高いエンゲル係数となってしまう。なお、家賃などは会社で負担して頂いているので、それは入ってない。単身でまめに自炊をする人でないなら、このパターンになってしまうだろう。

②公共料金や雑費など

意外に、この国は個人の電気代などが安くて助かっている。電気代などは、日中いないこともあるが月５００円程度。水道代が１０００円程度。ガス代に至っては殆ど使わないのもあって60円程度。その他ではＮＨＫを見られるように契約しているテレビ関係が２６００円。インターネットの契約が２２００円程度だった。日本にいるときは家庭で発生している費用など無頓着で妻に任せっぱなしで、あまり高いとか安いとか意識するより、毎月出ていく費用だからしょうがないという程度で、あまり考えてはいなかったのが実情だった。

③その他

ガソリン代はリッター57円程度（２０１２年）で安いと言えるのかわからないが、通勤距離が長いこともあって月平均８１７５円。通勤分は通勤手当で充当されているはずなので、それ以外のプライベートの外出分はどれくらいかだが、多分１、２割程度ではないだろうか。ただ給油回数が51回だから６・３日に１回と、週に１回以上入れるのだから頻度は高い。

その他、クリーニング、高速、散髪、洗車、タクシー、駐車、書籍、香典、コーヒー、マッサージ、などなど細かいところで生活に必要な費用は出ていく。総じて公共料金以外の物価は安いとは思えない。特に食事に関していうと、日本食は日本並みか場所によってはそれ以上で、海外で生活する費用のメリットを感じない。当然ローカルの食事は安くてもおいしいところはあるが。食事の平均も1回あたり３０００円近くになり、飲み会のほうは日本でやっている宴会費用より高いのではないか、というより高い。アルコールもイスラムの国で需要が少ないからなのか、税金が高いのだろうが間違いなく高い。種類も多くないがビールも安くて３５０㎖缶が１５０円程度で、日本産は完全に日本の何割か増しである。日本酒。焼酎もそれなりに高いので、あまりこっちに来てからは店や家で飲むのはワインが増えた。参考までにこちらに来た当初に買ったものが日本円換算（1リンギット30円）でどれくらいか紹介する。

牛乳（1・5ℓオーストラリア）　8・5RM＝255円
カップヌードル（日清カレー）　6・45RM＝193・5円
キリン一番搾り（355㎖）　8・75RM＝262・5円
タイガービール（320㎖）　6・29RM＝188・7円
バナナ（ドール5本）　6・16RM＝184・8円
米（ひとめぼれ2kg）　28RM　＝　840円
ビーフカレー（レトルト）　5・9RM＝177円
ポカリスエット（500㎖）　3・5RM＝105円
外食でのビール1杯の値段
　江戸一、タイガー1杯　12RM
　樹音　カルスバーグ1杯　13RM
　一番星　タイガー1杯　13RM
　天　スーパードライ1杯　24RM
日本酒久保田5合　180RM

外食では10％のサービスチャージがかかった上に、消費税6％が加算される。

高いか安いかでいうと明らかに高いかなと。現地化して現地の食材で料理をすれば食費は抑えられるのかもしれないが、それをやる気は起きないし、その時間も毎日の中では取れそうもないのが実態。

生活の話が生活費の話に及んでしまったが、収支決算は？というとそれはまあそれなりにと、上を見ればきりがないが、自由に生活できているので会社に感謝しつつ派手にはできないが、しみったれてもいられない。

泉正人の『お金の教養』によれば、収入の2割は貯金に回して、2割は将来の自己投資に使って、残りの6割で生活することがいいだろうと言われているようだが、自分の生活費を投資、消費、浪費で分けてみたときに浪費が多いとは感じている。

投資（買ったものが払った額以上の価値がある）

消費（買ったものが払ったものと同等の価値がある）

浪費（買ったものが払った額以下の価値しかない）

その浪費を減らして投資に回して将来の自分の付加価値を高めることをやっていかないとならないということだろうが、なかなかできてない。易きに流れる人間の性を感じつつも、やれなくてもまあいいかとなってしまっている。

お金については誰もが少しでも多く持っていたいと思うだろうが、お金は生活していくためには当たり前になくてはならないが、それが目的ではなくそれを用いて生活を豊かにさせたり、サービスを買ったりするものである。そして欲しいと思っているものがお金で買えるとなってしまうから、お金を貯めたりすることが生活の目的の一部みたいになってしまっているところが少し悲しい。しかしながら自分のある目標達成のためにはいつまでに何万円のお金を貯めるというようなことで目標値、目標項目の設定をしてしまっている。それはそれで大切だが、あまりにえげつないだろうと人に言うことははばかっていた感も以前はあったが、別にいいのではないかと最近は思ってきている。それよりも有言実行、大いに結構ではないかと考えている。

そんなことで海外での生活も3年目を終えようとした頃、生活も初年度とは変わってきた。慣れというのだけではなく2年間の生活を反省しつつ、これからは何を重視してやっていこうというかということであった。食費に主に使っている生活費は、自炊をメインにでもしない限り変えられそうもない。それよりは浪費していた分を少なくして投資にあてようという方向へは考え方を変えようとはしていた。投資とは話は変わるが、新しいことにチャレンジすることによって、何かを得られるのかということがあった。ゴルフなんかも、絶対にやらないと思ってここに来たが、やらざるをえない状況に変わってきたので、渋々と開始はした。しかし、同じく時間とお金を投入するなら、嫌々でやっているほどつまらないことはない。何度かコースに出てみたが、未だに面白さがわからない。下手だから面白くないということがあった。だったら本気でやってみて上達すれば面白くなれるのかということがあるが、それにはこの先でも努力と時間を要するだろうから、これから先の話になるだろう。しかし、所詮仕事以外で一生懸命になってもサラリーマンとしての自分の価値を高めることになるのかという疑問は大いにあって、そうでないことは確かであろう。老後の余暇を豊かに過ごすための選択肢を増やす意味ではいいのかとか思ったりもするが、かじった程度ではわからないということが多いというのはなんとなくわかっている。

海外生活で基軸になる活動を何にしていくか?ということの一つの答えが、赴任当初からの目標を達成させること。そして数年後に日本に戻ったときにどんな自分でいたいのか、退職後にも繋がるような何かこの地でしかできない、ないしは今やったほうがいいような新たなことをやって身につけるということはあると思う。しかしそうこうしているうちに、時間は経過して、3年を待たない時期に日本に戻るという話が出てきた。

8．帰任後挫折と希望のランニング生活

２０１５年４月に海外駐在員生活の３年２か月を終えて自宅から通勤できる元の職場に戻ってくることができた。従来の生活に戻ることができて、少しずつ以前のように朝ランニングを開始するようになった。しかし、走れる体になるまでは半年くらいかかったような感じだった。戻って半月の４月に参加した10㎞マラソンでは、以前の自分の記録に３分以上遅れるという結果で、全くダメだなと不甲斐ない思いだった。帰任後に初めてハーフマラソンにも参加してみた。海外赴任以前は５㎞か10㎞の中距離をしっかり追い込んで走るか、フルマラソンしか参加していなかった。ハーフマラソンも結構きついがフルマラソンほどの後半の苦しみがないだけ、それほどの覚悟や準備がなくても走れるのは面白いなという感じがしていた。そしてフルマラソンの準備にはいい距離かもと思えてきた。そして帰任後半年の10月に参加したハーフマラソンの１週間後のフルマラソンでは自分の過去の記録を塗り替えることができた。54歳と年齢的には下り坂のはずなのに、フルマラソンではまだまだ伸びしろがあるのでは？と未来に希望を持てるような結果を少しずつ出せていけそうな感触を持つことができた。

そんな中で通勤の足である車を選定するのに半年ほど考えた。海外赴任をする前に乗っていた車はホンダZで軽自動車であった。もう1台あったのは普通の2リッターの乗用車。1台を売りに出したので自分の車を買う必要があったのだが、レンタカーを半年近く借りて、車種を決めるのに3か月ほど熟考したつもりであった。資金が潤沢にあるわけでもないし、燃費がいい車が絶対に必要というほどの距離も走らない。通勤距離は往復10㎞もない。ただ自分の年齢を考えるとこれがサラリーマン現役時代で最後の車になるから、ちょっと高くても自分が乗りたい、いい車を買いたいという思いで、分不相応と言われるがレクサスGSを買ってしまった。この車は数年前から思い続けて狙ってはいたもので、家内とも相談して思い切ってこれに決めた。買った当初は当然プチセレブにでもなった気分で高級車に乗れてるという気分だけで充分に満足できた。なんとか家内の承諾を貰えたことだけでなく、自分に関係するに様々な方々にもっと感謝していかないとならないと改めて思った。

今新車購入から4年以上経って思うことは、やはり海外での生活で感覚がマヒしていたのか、ちょっとした思い上がりがあったのかなということも若干考えたりもしていた。半分の金額でも充分な高級車が買えて、残りの半分の金額を別に使ったほうが良かったのだろうかなどとも考えたりもしたが、今更過去には戻れないのだから、現在のカーライフを満喫したい。趣味のランニングもそこそこに頑張っていこうと思っていたところであった。

そんなところで海外から戻ってきて1年2か月が過ぎた頃に、また異動の通達が出た。サラリーマンである限り、会社の命令に従って異動することは仕方ないことで、新しい職場で精一杯ミッションを行うということだけではあるが、今回の異動内容には驚きだけでなく落胆と気分の落ち込みがどっと来た。私のこれまでのサラリーマンでのキャリアが殆ど否定されたということかと思い、夜も眠れない日々が続いた。しかし、半月ほど落ち込んでいたが、沈んでばかりいてもしょうがないし前を向いて今あるところで頑張るしかないと気持ちを切り替えた。自分の会社員としての評価がこれほどに低いということをわかっていなかった自分が情けなかった。ただ命まで取られるわけでもないし、現時点でサラリーマンとして次に働ける場所があるということを感謝して頑張ることにした。

そして時期が経ってからまた考えてみると、やはり自分自身の考え方の甘さや実力のなさであったりしたことが結果としてそうなったのだろうと、今の状況を正当化するための弁明ではなく、そんなものだろうと思い直して会社に貢献していけること、目先のところをしっかり頑張って残りのサラリーマン人生で会社にも恩返ししていける自分になっていかないとならないということを心新たに誓いつつ、定年まで仕事を全うしていこうと思った。

そして、趣味での走ることを新しい環境の単身赴任先でもう少し頑張れるかなと思い、前年度よりは少しずつ走る距離を伸ばして、大会参加では自己ベストを目指して取り組んでいこうと朝ランや週末ランニングを継続してきた。そうやっているうちに地道ながらも走行距離を増やしていく中で、マラソン大会でも自分がそれなりに走れていたという5年以上前の記録を少しずつ更新することもできるようになってきた。

56歳にして更に記録を伸ばせるってことが走ることのモチベーションになっていた。そして単身赴任となって4年近くが経って大会参加も10年で100回を超えた。よくもまあ継続できたなという感じだが、やっぱり大会があるからそこに向けて頑張ろうという思いだけで継続できてきたのかもしれない。ここ半年は新型コロナの影響で大会が中止になってしまっているが、いつかは再開できることと思っているし、次の大会に向けて頑張っていきたい。過去のレース参加結果の記録は次の通りである。

2008年からの出場レースと結果

回数	年月日	年齢	大会名	回数	km	記録	ラップ/km	順位	一言コメント
1	2008/4/29	47	郡山シティマラソン	1	5	25分31秒	5分6秒	86/181	初めてのレース。ここから始まった
2	2009/4/29	48	郡山シティマラソン	2	5	21分49秒	4分22秒	36/183	1ヶ月ラン後の初大会
3	2009/7/5	48	東和ロードレース	1	10	49分13秒	4分56秒	46/286	初めての10km大会
4	2009/8/30	48	伊達ももの里マラソン	2	10	42分46秒	4分17秒	80/417	45分目標が大幅更新
5	2009/10/14	48	鶴ヶ城健康マラソン	3	10	40分36秒	4分4秒	21/194	40分切れず悔しかった
6	2010/2/14	48	いわきサンシャインマラソン	1	42.195	3時間43分45秒	5分18秒	119/593	初フル完走で感激
7	2010/4/29	49	郡山シティマラソン	4	10	41分7秒	4分7秒	32/318	目標未達で落ち込む
8	2010/6/27	49	本宮ロードレース	5	10	0分0秒	－	－	7km地点でリタイア。弟と一緒に車で戻り一時的記憶喪失に
9	2010/8/29	49	北海道マラソン	2	42.195	3時間49分3秒	5分26秒	583/3486	とにかく暑い中での思い出のフル
10	2010/9/18	49	ひがし郷里マラソン	6	10	40分59秒	4分6秒	13/71	大玉駅伝メンバーと参加
11	2010/10/24	49	西の郷ロードレース	7	10	39分25秒	3分56秒	9/69	初めて10km 40分切れた
12	2010/11/3	49	あだたら健康マラソン	1	3	11分18秒	3分46秒	2/8	ミスコースして痛恨の2位
13	2010/11/21	49	ふくしま駅伝3区	1	5.8	21分35秒	3分43秒	50/51	出場に感激。順位に落胆
14	2010/12/12	49	あずま荒川クロスカントリー	1	6.5	25分34秒	3分56秒	13/64	入賞できず残念
15	2011/2/13	49	いわきサンシャインマラソン	3	42.195	3時間35分37秒	5分7秒	104/707	3時間30分切りならず残念
16	2011/8/28	50	伊達ももの里マラソン	3	5	19分24秒	3分53秒	9/80	19分切れず、悔しい
17	2011/9/3	50	猪苗代湖マラソン	1	65	6時間45分32秒	6分14秒	19/211	きつく長かった
18	2011/10/23	50	梁川ロードレース	4	5	18分50秒	3分46秒	3/32	やっと19分は切れた

回数	年月日	年齢	大会名	回数	km	記　録	ラップ/km	順位	一言コメント
19	2011/11/3	50	あだたら健康マラソン	2	3	10 分 51 秒	3分36秒	1/10	初優勝でテープ切れた
20	2011/11/20	50	ふくしま駅伝 13 区	1	4.8	18 分 6 秒	3分46秒	40/49	目標タイム未達で残念
21	2011/12/11	50	あずま荒川クロスカントリー	2	6.5	25 分 35 秒	3分56秒	8/127	あと 1 秒、2 人で入賞逃した
22	2012/6/24	51	KL マラソン　2012	4	42.195	4 時間 13 分 1 秒	6分00秒	153/982	しんどかったにつきる。完走がやっと・・
23	2013/2/10	51	いわきサンシャインマラソン	5	42.195	3 時間 57 分 36 秒	5分38秒	143/531	遠藤君のフルデビューアシストで遅れた
24	2013/5/26	52	マレーシア国際駅伝 3 区	1	3	9 分 30 秒	3分48秒	49/ ?	3 区 3km のはずが 2.5km しかなかった
25	2013/9/15	52	LIVE GREAT RUN 2013	1	12	56 分 16 秒	4分41秒	11/ ?	mens senior veteran
26	2014/5/5	53	Larian Gegar for agathians 2014 (malaya.univ)	8	10	47 分 30 秒	4分45秒	4/ ?	マラヤ大で坂のコースきつかったが入賞
27	2014/5/29	53	Mizno Wave Run 2014	9	10	43 分 15 秒	4分20秒	3/ ?	Over39 で入賞し記念の盾もらう
28	2014/5/30	53	Lion Parkson Run	10	10	48 分 0 秒	4分48秒	8/134	どしゃ降りで一時中止かと思いきや遅れてスタート
29	2014/10/12	53	KL マラソン　2014	6	42.195	4 時間 10 分 55 秒	5分57秒	24/ ?	24 位は M50-59 だが暑くてきつかった
30	2014/11/9	53	LIVE GREAT RUN 2014	2	12	55 分 38 秒	4分38秒	7/ ?	mens senior veteran でなんとか入賞
31	2014/12/7	53	PJ HALF MARATHON	11	21.1	42 分 30 秒	4分15秒	8/ ?	Over40 で 6 位と言われたが、表彰で 8 位？
32	2015/1/25	53	Sports toto ftkla cross country 2015	1	7.5	36 分 30 秒	4分52秒	4/?	結構坂がきつかった
33	2015/2/8	53	いわきサンシャインマラソン	7	42.195	3 時間 41 分 35 秒	5分15秒	86/1023	マレーシアからの弾丸ツアーで参加しいわき泊まる
34	2015/3/22	54	thirsty runner　2015		7	30 分 0 秒	4分17秒	2/ ?	Veteran クラスでマレーシア大会最後の入賞
35	2015/4/29	54	郡山シティマラソン	12	10	43 分 2 秒	4分18秒	36/430	練習不足で全く走れなかった
36	2015/1/29	54	さくら湖マラソン	5	5	20 分 12 秒	4分02秒	11/ ?	20 分以上かかってがっかりの結果

回数	年月日	年齢	大会名	回数	km	記 録	ラップ/km	順位	一言コメント
37	2015/7/5	54	東和ロードレース	6	5	21分15秒	4分15秒	8/45	坂きつくてタイム出せないって言い訳
38	2015/8/30	54	伊達ももの里マラソン	7	5	19分22秒	3分52秒	16/166	もう19分切るの厳しいかと思った5km
39	2015/9/21	54	たむら市クロスカントリー大会	1	6.8	33分40秒	4分57秒	24/52	最高にきついクロスカントリーだがいい練習になった
40	2015/10/4	54	三浦弥平ロードレース	1	21.1	1時間34分43秒	4分29秒	9/69	初ハーフ、ペースがわからなかった
41	2015/10/18	54	ふくしま健康マラソン	8	5	19分46秒	3分57秒	4/42	後半の上りでかなり失速してどんどん抜かれた
42	2015/10/25	54	猪苗代湖ハーフマラソン2015	2	21.1	1時間34分1秒	4分28秒	25/317	来年こそ表彰受けるぞと思った
43	2015/11/1	54	茂庭っ湖マラソン	8	42.195	3時間25分28秒	4分52秒	17/188	初サブ3.5ハーフの疲れもなく行けてしまった
44	2015/12/6	54	那須烏山マラソン大会	3	21.1	1時間33分19秒	4分25秒	12/167	遠藤君に最後の2kmで着いてけなかった
45	2016/2/14	54	いわきサンシャインマラソン	9	42.195	3時間27分58秒	4分56秒	44/440	後半辛かったが順当に3.5切りは行けてきた
46	2016/3/27	54	霞が城クロスカントリー	1	5.3	24分40秒	4分39秒	?	坂がきつくて全く走れないまま終わった感じ
47	2016/4/17	55	本宮ロードレース	9	5	19分4秒	3分49秒	3/	そこそこ走りこんだんでまあまあの結果
48	2016/4/29	55	郡山シティマラソン	13	10	39分37秒	3分58秒	13/471	久々に40分切れた！５年ぶり
49	2016/6/12	55	さくら湖マラソン	10	5	19分34秒	3分55秒	4/52	後半の坂で失速する。もたない
50	2016/7/3	55	東和ロードレース	11	5	20分37秒	4分7秒	9/54	この坂では記録出ないが他のメンバー強すぎ
51	2016/8/28	55	伊達ももの里マラソン	12	5	18分47秒	3分46秒	11/175	19分切れて嬉しい！
52	2016/10/16	55	ふくしま健康マラソン	13	5	18分28秒	3分41秒	2/ ?	あと20秒で優勝かと思うと悔しい
53	2016/10/23	55	猪苗代ハーフマラソン	4	21.1	1時間27分9秒	4分08秒	7/272	あと１人で入賞逃す、悔しい結果
54	2016/11/3	55	マラソンひとめぼれ	14	5	18分14秒	3分39秒	3/ ?	平坦でコース短い？そしてPB更新

回数	年月日	年齢	大会名	回数	km	記　録	ラップ/km	順位	一言コメント
55	2016/11/20	55	ふくしま駅伝 13 区	2	4.8	18 分 21 秒	3分49秒	45/53	思ったように走れなかった。ちょっと悔い残る
56	2016/11/23	55	大田原マラソン	10	42.195	3 時間 28 分 49 秒	4分57秒	193/	20km で諦めようと思ったが、最後まで執念で歩く
57	2017/2/12	55	いわきサンシャインマラソン	11	42.195	3 時間 21 分 45 秒	4分47秒	32/	フルでの PB 更新 1.5 年ぶり
58	2017/4/16	56	本宮ロードレース	15	5	19 分 16 秒	3分51秒	5/	調子はあまり良くなかったがやっとこ入賞
59	2017/4/26	56	郡山シティマラソン	5	21.1	1 時間 30 分 8 秒	4分16秒	95/1748	30 分切れなくて悔しい結果
60	2017/5/21	56	いわて奥州きらめきマラソン	12	42.195	3 時間 38 分 59 秒	5分11秒	45/	半端ない暑さ 32 度以上になった、きつかった
61	2017/6/11	56	さくら湖マラソン	16	5	19 分 26 秒	3分53秒	8/	ギリギリで入賞だけできた
62	2017/7/2	56	東和ロードレース	6	21.1	1 時間 39 分 36 秒	4分43秒	37/462	暑さと坂の辛さで何度も気持ちが萎えた
63	2017/8/27	56	北海道マラソン	13	42.195	3 時間 29 分 33 秒	4分58秒	1439/	札幌ツアー兼ねて参加。もう少し行きたかった
64	2017/9/17	56	一関国際ハーフマラソン	7	21.1	1 時間 31 分 31 秒	4分20秒	10/216	前日酒飲んでて気合い充分ではなかった
65	2017/10/1	56	鶴ヶ城ハーフマラソン	8	21.1	1 時間 25 分 51 秒	4分04秒	12/	快調に走れたが入賞できない。皆速い
66	2017/10/15	56	ふくしま健康マラソン	17	5	18 分 25 秒	3分41秒	1/	5km 大会初優勝！嬉しい！
67	2017/10/22	56	猪苗代湖ハーフマラソン	9	21.1	1 時間 26 分 55 秒	4分07秒	5/	ハーフでついに初入賞！
68	2017/11/3	56	ひとめぼれマラソン	18	5	20 分 12 秒	4分02秒	3/	ジョッギングのつもりが年代別入賞
69	2017/11/4	56	あだたら健康マラソン	19	5	18 分 49 秒	3分46秒	1/	もう 20 秒はつめたかったがとりあえず優勝！
70	2017/11/19	56	ふくしま駅伝 13 区	3	4.8	17 分 50 秒	3分43秒	41/53	ヤッターついに 3 回目にして 18 分切れた！
71	2017/11/23	56	大田原マラソン	14	42.195	3 時間 11 分 33 秒	4分32秒	62/	フル PB 更新できたが後半全く走れなかった
72	2017/12/10	56	あずま荒川クロスカントリー	3	6.5	26 分 3 秒	4分01秒	6/131	商品券もらえてラッキー

回数	年月日	年齢	大会名	回数	km	記　録	ラップ/km	順位	一言コメント
73	2018/2/11	56	いわきサンシャインマラソン	15	42.195	3 時間 17 分 40 秒	4分41秒	21/	いわきのコースPB だが 15 分は切りたかった
74	2018/3/18	57	たむら市クロスカントリー大会	2	6.8	32 分 19 秒	4分45秒	20/	相変わらずきついが 2 年前よりタイム良かった
75	2018/3/25	57	東北風土マラソン	10	21.1	1 時間 25 分 8 秒	4分2秒	44/1629	ハーフの PB だが公認コースでなく短い？
76	2018/4/15	57	本宮ロードレース	20	5	19 分 16 秒	3分51秒	3/	なんとか 3 年連続入賞果たす
77	2018/4/29	57	郡山シティマラソン	14	10	40 分 4 秒	4分00秒	64/1317	40 分切れず悔しかった！
78	2018/5/13	57	仙台国際ハーフマラソン	11	21.1	1 時間 29 分 21 秒	4分14秒	240/	前半の渋滞酷くて前に全く進めない
79	2018/5/20	57	いわて奥州きらめきマラソン	16	42.195	3 時間 16 分 5 秒	4分39秒	30/	後半は落ちたが平坦なコースでなんとか 20 切り
80	2018/6/10	57	さくら湖マラソン	21	5	19 分 5 秒	3分49秒	4/	タイム詰めた割には順位上がらない
81	2018/6/11	57	東和ロードレース	12	21.1	1 時間 40 分 51 秒	4分47秒	24/337	前年以上の暑さで全く走れず、タイム落とす
82	2018/7/14	57	東京都北区赤羽マラソン	13	21.1	0 時間 0 分 0 秒	－	－	二度目のリタイヤ 33 度はあったか？
83	2018/8/11	57	東京都北区赤羽マラソン	14	21.1	1 時間 47 分 5 秒	5分5秒	7/150	年代別 1/13 だったが賞はなし。ハーフワースト
84	2018/8/26	57	北海道マラソン	17	42.195	3 時間 28 分 30 秒	4分56秒	83/1152	北海道家族ツアーで参加、楽しかった
85	2018/9/23	57	一関国際ハーフマラソン	15	21.1	1 時間 31 分 3 秒	4分19秒	11/250	入賞狙いが全く歯が立たず悔しい結果
86	2018/10/7	57	会津若松市鶴ヶ城ハーフマラソン	16	21.1	1 時間 27 分 38 秒	4分9秒	14/	後半も粘ったが去年のタイムから 2 分落とす
87	2018/11/4	57	あだたら健康マラソン	22	5	18 分 38 秒	3分44秒	2/	久と 1,2 フィニッシュでいい思い出になった
88	2018/11/18	57	ふくしま駅伝 13 区	4	4.8	18 分 12 秒	3分47秒	40/53	久 12 区からの兄弟襷リレーも繰り上げで繋がらない
89	2018/11/23	57	大田原マラソン	18	42.195	3 時間 7 分 27 秒	4分26秒	41/	1 年ぶりの PB も後半全く走れなかった
90	2018/12/9	57	あずま荒川クロスカントリー	4	6.5	26 分 46 秒	4分7秒	9/164	泥だらけの中入賞もできず、気温 0 度で寒かった

回数	年月日	年齢	大会名	回数	km	記　録	ラップ/km	順位	一言コメント
91	2019/3/3	58	東京マラソン	19	42.195	3 時間 9 分 55 秒	4分30秒	2246／27238	低温、雨の中手足の感覚がなくなるほど寒かった
92	2019/3/17	58	たむら市 クロスカントリー大会	3	6.8	31 分 46 秒	4分40秒	34/	坂で呼吸が苦しくなって歩いた。坂きつい！
93	2019/3/24	58	東北風土マラソン	17	21.1	1 時間 25 分 9 秒	4分2秒	34/1667	雪降ってて寒かったが後半まで粘れた
94	2019/4/21	58	本宮ロードレース	23	5	19 分 0 秒	3分48秒	3/	後半ダウンも本宮でのコースレコード
95	2019/4/29	58	郡山シティマラソン	15	10	38 分 56 秒	3分53秒	58/1285	9年ぶりの 10km コースレコード、もう少し行けるかも！
96	2019/5/19	58	いわて奥州きらめき マラソン	20	42.195	3 時間 18 分 35 秒	4分43秒	21/	後半 23kmから足が重くなり、半分くらい歩きになる
97	2019/6/2	58	金ヶ崎マラソン	18	21.1	1 時間 29 分 19 秒	4分14秒	7/	前半 4′ペースも後半落として 27 狙いが崩れた
98	2019/6/9	58	さくら湖マラソン	24	5	19 分 18 秒	3分52秒	4/	後半失速し悔しい結果。久 3 位と兄弟入賞
99	2019/6/23	58	浅川ロードレース	25	5	19 分 6 秒	3分49秒	7/	平坦コースながらも後半失速し悔しい結果
100	2019/7/7	58	東和ロードレース	19	21.1	1 時間 29 分 27 秒	4分14秒	11/397	東和のコースでのレコード達成！
101	2019/7/13	58	東京都北区赤羽マラソン	20	21.1	1 時間 33 分 30 秒	4分26秒	17/129	年代別 1/11 だったが賞はなし。少し暑かった
102	2019/9/1	58	伊達ももの里マラソン	16	10	39 分 11 秒	3分55秒	11/	坂で 4 分かかり、39 切りできず悔しかった
103	2019/9/22	58	一関国際ハーフマラソン	21	21.1	1 時間 30 分 53 秒	4分19秒	14/288	肉離れ明け 2 週間でなんとか後半上げて走れた
104	2019/10/20	58	福島健康マラソン	26	5	18 分 24 秒	3分41秒	1/	2 年ぶり 1 位取れた！肉離れから 3 週間で復活
105	2019/12/15	58	あずま荒川 クロスカントリー	5	6.8	26 分 53 秒	4分8秒	11/137	懸命に走るも前半の坂が遅くてタイム落とした
106	2020/1/13	58	小松菜マラソン	22	21.1	1 時間 31 分 20 秒	4分20秒	2/	14km あたりからペースダウンした
107	2020/2/8	58	第 86 回スポーツメイト ラン皇居マラソン	1	20	1 時間 28 分 51 秒	4分26秒	2/14	初の皇居ランで前半良かったが後半かなり落ちた

大会参加記録

2019 年 12 月 31 日

年度	年齢	回数	3km	5km	10km	ハーフ	フル	ふくしま駅伝	荒川クロカン	田村クロカン	他
2008年	47歳	1		1							
2009年	48歳	4		1	3						
2010年	49歳	9	1		4		2	1	1		
2011年	50歳	7	1	2			1	1	1		1
2012年	51歳	1					1				
2013年	52歳	3	1				1				1
2014年	53歳	6			4		1				1
2015年	54歳	13		4	1	3	2			1	2
2016年	55歳	12		6	1	1	2	1			1
2017年	56歳	16		5		5	4	1	1		
2018年	57歳	18		3	1	7	4	1	1	1	
2019年	58歳	15		4	2	5	2		1	1	
合計		105	3	26	16	21	20	5	5	3	6

ベスト出した大会の時期　　海外赴任期間

走り始めてから、時系列であったこと（ざっくり）

2008 年 5 月に初めてのマラソン大会参加（郡山シティーマラソン：5km）

それから半年くらい経った 2009 年 1 月、月間 47km からランニング開始

翌年 2010 年に初のフルマラソン完走（いわきサンシャインマラソン）

調子にのってふくしま駅伝メンバーに選んでもらうも殆ど最下位で赤っ恥。

2011 年の震災で大会が中止になる中のふくしま駅伝ではビリ 5 脱出。

2012 年より 3 年間マレーシア赴任で月間 80km 程度のランニング生活。

マレーシア赴任期間で 13 回の大会参加したがいずれも暑すぎ！

2015 年に日本に帰任してから、赴任前よりやや走行距離を伸ばす。

2016 年より一関に単身赴任。以降 3 年連続でふくしま駅伝走らせてもらう。

2019 年もラニングを継続して、大会参加は 100 回となった。

2019 年 7 月（東和ロードレース：ハーフ）

フルマラソン参加も 20 回となり、年齢別マラソンランキング 70 位となった。

年代別入賞記録

2019年12月31日

年度	2008年	2009年	2010年	2011年	2012年	2013年	2014年	2015年	2016年	2017年	2018年	2019年	年末時点
年齢	47歳	48歳	49歳	50歳	51歳	52歳	53歳	54歳	55歳	56歳	57歳	58歳	合計
優勝(1位)				1							2	1	4
2位入賞			1					1	1		1		4
3位入賞				1			1		2	1	1	1	7
4位入賞							1	2	1		1	1	6
5位入賞										2			2
6位入賞										1			1
7位入賞							1					1	2
8位入賞							1				1		2
9位入賞			1										1
入賞回数合計	0	0	2	2	0	0	4	3	4	4	6	4	29
大会参加	1	4	9	7	1	3	6	13	12	16	18	15	105
入賞率	0.0%	0.0%	22.2%	28.6%	0.0%	0.0%	66.7%	23.1%	33.3%	25.0%	33.3%	26.7%	27.6%
5km大会入賞				1				1	4	5	3	4	18
5km大会参加	1	1		2				4	6	5	3	4	26
5km大会入賞率				50%				25%	67%	100%	100%	100%	69%
年間走行記録	0	1,565	2,018	1,463	964	1,014	1,037	1,593	2,014	2,490	2,900	3,109	20,169
月間走行(ave)	0	130	168	122	80	85	86	133	168	207	242	259	140
					2月 赴任	海外赴任期間		4月 帰任					

自己ベスト

5km	**18分14秒**	2016年11月3日	ひとめぼれマラソン
10km	**38分56秒**	2019年4月29日	郡山シティーマラソン
ハーフ	**1時間25分51秒**	2017年10月1日	鶴ヶ城ハーフマラソン
フル	**3時間7分19秒**	2018年11月23日	大田原マラソン

フルマラソンはサブスリー目指すも全く歯が立たず・・
7.8.9月で300km走ったら、10月サブスリーできるか？最後のサブスリーチャレンジに向けて！
5km大会だけは12回連続年代別入賞継続中。

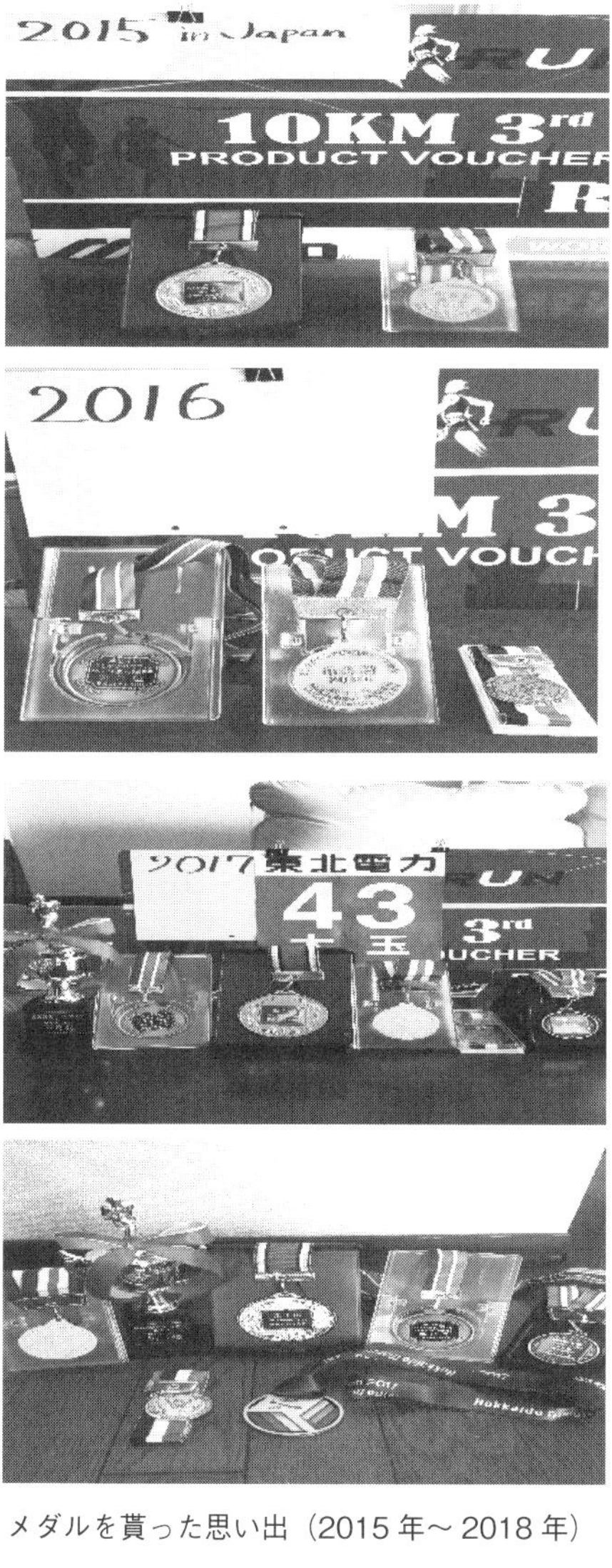

メダルを貰った思い出（2015 年～ 2018 年）

9．果たせなかったフルマラソンサブスリーとふくしま駅伝最年長出場

この10年程度走り続けてきたが、５km、10kmの記録は頭打ちになってきた。３年前に５kmは18分14秒、10kmは39分27秒から停滞したままであった。しかしながらフルマラソンだけは、ここ直近の３年もずっと記録を伸ばすことができている。年齢的にも体力は絶対に下り坂のはずが、フルの記録だけはまだ伸びしろがあるのかなという実感があるし、結果も出せた。初めてのフルマラソンの完走が２０１０年のいわきサンシャインマラソンで３時間43分であった。それからもいわきサンシャインマラソンは、海外赴任になってからも休みを取ってまでも毎年参加してきた一番思い入れのあるマラソン大会であった。いわきサンシャインマラソンの結果を繋げると以下の結果である。

第１回　３時間43分45秒　48歳　40代年代別１１９位／５９３人

第２回　３時間33分37秒　49歳　40代年代別１０４位／７０７人

第３回　海外赴任１月前で準備が忙しく不参加

第４回　３時間57分36秒　51歳　50代年代別１４３位／531人

第５回　雪で中止になる（海外赴任中）
第６回　３時間41分35秒　53歳　50代年代別85位／１０２３人
第７回　３時間27分58秒　54歳　50代年代別44位／７８１人
第８回　３時間21分45秒　55歳　50代年代別32位
第９回　３時間17分40秒　56歳　50代年代別21位
第10回　雪のため中止になる
第11回　新型コロナの影響で中止（所用で参加できず）

ということで、いわきサンシャインマラソンでも、初の完走から10年経ったが、少しながら記録も前進して、結果として年齢には反比例して記録を伸ばすことができたってことが最大の驚きであり、喜びでもある。

そこで、通常練習をしてきたということと、月間走行距離とフルマラソンの結果を繋げて考えてみると以下のことが考えられて、殆ど私の場合は大体の月間走行距離とフルマラソンの結果に相関があると思われた。

それはいわきサンシャインマラソンだけでなく、およそ10年間の経験からではあるが、継続的にランニング習慣ができていた時期とそうでない時期もあったが、月間走行距離とフルマラソンの結果は大体ではあるが関連性があることがわかってきた。私の場合であるが、過去3か月の月間走行距離の平均とフルマラソンの大会結果にはタイムの連動性があり、次に挙げるような感じである。

月間100km以下　→　フルマラソン4時間切りやっと
月間100km～140km　→　フルマラソン3時間40分程度
月間150km～200km以下　→　フルマラソン3時間30分は切れる
月間200km～220km程度　→　フルマラソン3時間15分程度
月間250km～280km　→　フルマラソン3時間05分程度
月間300km～330km　→　フルマラソン3時間切れない程度
月間350km以上　→　フルマラソン3時間切れるだろう

という感じで、月間300km以上は走れていないので、最後の350km以上ならというのは想像の域ではあるが、多分そんな感じだろうってことでそんなに違ってはいないのかなと考えていた。もう少し月間走行距離を伸ばしていければ、この50代後半でもサブスリー（フルマラソンのタイム3時間切り）が達成できるのではないかと思ってはいた。

そんなことで2019年3月の東京マラソン、ここでなんとか目標としていたフルマラソンの3時間切りのサブスリーを達成できるのではないか？と思って気合を入れて臨んだが、結果としては遥かにサブスリーには及ばず、そんな甘いものではないということが思い知らされた。もともと自分の力では月間330kmくらい走らない限り絶対無理だろうと思っていた。しかしその当時の月間200km程度でも行けるかもしれないと思っていたことが恥ずかしいほど情けなかった。

コースは比較的平坦だったということもあったのだが、全くもって情けない結果であった。そして58歳というこの年齢でも行けるだろうと思い上がってはいたが、全く歯が立たなかった。それから何とか月間走行距離を350kmにまで持っていけば行けるのではないかということで、東京マラソン明けの2日後から左のお尻の筋肉痛で違和感が残る中でも、なんとか少しでも走って次の奥州きらめきマラソンではなんとか走行距離を増やしてもう一度サブスリーへのチャレンジをすることにした。前年から通勤でのランニングも開始して、月間走行距離を伸ばすことに注力してきた。それほどは距離を伸ばせなかったが、月間300kmを超えるあたりからサブスリーは行けるんじゃないかなとなんとなく感覚的に思えてきた。

ところが……。後述するが、その後月間約300㎞を3か月走った頃に怪我に苦しむこととなってしまった。フルマラソンの3時間切りは全く歯が立たなかったという前に、チャレンジすることもできないまま半年が過ぎることになってしまった。やっぱり自分の才能のなさはわかっていたが、迫りくる加齢との戦いの中、3時間切りは諦めつつあった。

そして2020年こそはと月間走行距離も上げて故障予防の筋トレもしつつ精進していたところであったが、新型コロナウイルスの影響で、申し込んでいた大会の全てが中止となり、自分が目標としたサブスリーチャレンジはできないまま現在に至っている。しかし、これからでもまだ諦めてはいないので継続的にランニングは続けていきたいと思っている。

そしてもう一つ自分の中での大きな区切りというか記憶の中でよくやったのかなと思えるランニング大会での結果としては、49歳で初めてレギュラーに選ばれて走れただけで感激だった「ふくしま駅伝」での最年長賞である。49歳でひょんなことから駅伝大会のレギュラーに選んで頂いて2年連続でふくしま駅伝を走ることができた。そして海外赴任の5年のブランクを経て55歳になったときにもう一度走れたらという思いは、海外赴任中もずっと考えていた。

それから日本に戻ってきてからの更なる異動を経験した後になんとか練習を継続していたら、その後55歳からなんと3回も連続してふくしま駅伝を走らせてもらえることになった。しかも２０１８年はふくしま駅伝出場者の最年長だったということ。

最初のレギュラーに選ばれた49歳での初出場とその次の年は2年連続で珍しさから地元の新聞にも掲載されていい記念になったとは思っていた。それから5年後にまた復活できるとは思ってはいなかったが、なんとか復活してもう一度でも走ってみたいという思いは海外赴任時にも思っていたことで、それが結果として達成できたことに感動しきりであった。

しかも２０１８年の57歳のときの参加では、私が走り始めるきっかけになった弟と一緒にふくしま駅伝に参加することができたことが非常にいい思い出となった。しかも弟が12区を走り私が１３区という兄弟リレーが実現できた（繰り上げスタートで実際に襷を繋ぐことはできなかったが）。そして、年老いた母までが駅伝で走る場所に姉夫婦と一緒に応援に来てくれたのである。継続してやってきたからこそ、こんな歳でも走ることができたということ、珍しい経験をしたということ、そしてこんな歳で恥ずかしいというような複雑な気持ちも入り混じってはいた。

そして2019年にはついに2年連続最年長出場という偉業？？を成し遂げることができるはずだったが、結果としてはレギュラーに選ばれながらも怪我で出場できず2年連続でのふくしま駅伝最年長賞にはならなかった。しかし1回だけども最年長賞は、長くやってきたことでしかできないことであることには違いない。単にラッキーなことが続いたのではなく、継続して努力をしてきたということがあったことには違いないだろうから、自分で言うのもなんだが、よく頑張ってきたということだろうと思う。また、自分だけでこれが成し遂げられたことでもなく、協力者がいて初めて成立することであって、そういった意味ではいい環境に恵まれたということであり、関係する全ての人たちに感謝の気持ちで一杯である。そして、それが大したことではないにしても自分としてよくやり続けてきたのかなと思えることだけで満足であって、これでようやく本気で競技のような目的で走ることはもう卒業しようかと思えるような区切りとなったことでもあった。

出場した“ふくしま駅伝”の記事
（「福島民報」より）

50歳での出場 来年も頑張る

◆大玉村13区・本田賢選手（郡山ヒロセ電機）
五十歳となっての出場だったが、震災の影響で二カ月練習ができず、思うような走りができなかったという。応援に来た職場の同僚や部下の期待に応えられなかったと残念がった。「五十一歳の来年も出場し、みんなを元気づける走りをしたい」と心に誓っていた。

50歳で13区を走り切り、応援に来た仕事場の同僚や部下に囲まれる大玉村の本田賢選手（右から3人目）

（2011年11月22日掲載）

大玉3区の本田
49歳 充実の初陣

大玉村の3区、本田賢選手（郡山ヒロセ電機）は走り終わった後、「この年で村の代表になれて、若い人と一緒に走れて幸せ」と充実した表情を見せた。

レース後、弟の久さんと固い握手をする大玉村の本田賢選手（左）

陸上経験がなく、2年前の47歳のときに趣味で走り始めた。弟の本田久さんが昨年のふくしま駅伝で3区を走った。仕事の都合で今大会に出られない久さんから「せっかく走っているのなら、ふくしま駅伝にチャレンジしてみては」と勧められ、本格的なトレーニングを積んだ。村の選考会に臨み、49歳で初の出場となった。

第3中継所には久さんや会社関係者らが大勢応援に駆け付けた。タスキをつないだことには満足したが、実際のレースについては「緊張して思うように走れなかった」と少し悔しそうだった。

（2010年11月22日掲載）

年長出場4選手たたえる
サントリー賞 贈呈

県庁前で（右から）小磯、鈴木、本田の3選手にドリンクを贈る富永支社長（左）とグリーンダカラちゃん、ムギちゃん

特別協賛のサントリー食品インターナショナルは年長出場者の男女各二人に「サントリー食品インターナショナル賞」を贈った。表彰されたのは男子が中島村3区の小磯洋四美選手（五七）＝大木代吉本店＝、大玉村13区の本田賢選手（五七）＝一関ヒロセ電機＝、女子は下郷町11区の白川美紀選手（四八）＝白川工業所＝、柳津町15区の鈴木美恵選手（四五）＝かわちやグループ＝。

フィニッシュ地点である福島市の県庁前で贈呈した。サントリーフーズの富永孝司執行役員東北支社長、サントリーのドリンク「GREEN DA・KA・RA」のテレビCMで人気の女の子「グリーンダカラちゃん」と「ムギちゃん」が「GREEN DA・KA・RA」のケースを手渡した。

（2018年11月20日掲載）

２０１８年ふくしま駅伝最年長賞で地元の新聞「福島民報」にも掲載された。隣の小磯さんは若い頃から50代まで活躍されてた憧れのランナーで、同じステージに立てるようなレベルにない私がこんなところに掲載されることが奇跡的？

２０１８年　ふくしま駅伝より

ふくしま駅伝での思い出のシーン

↓筆者の前作品での写真

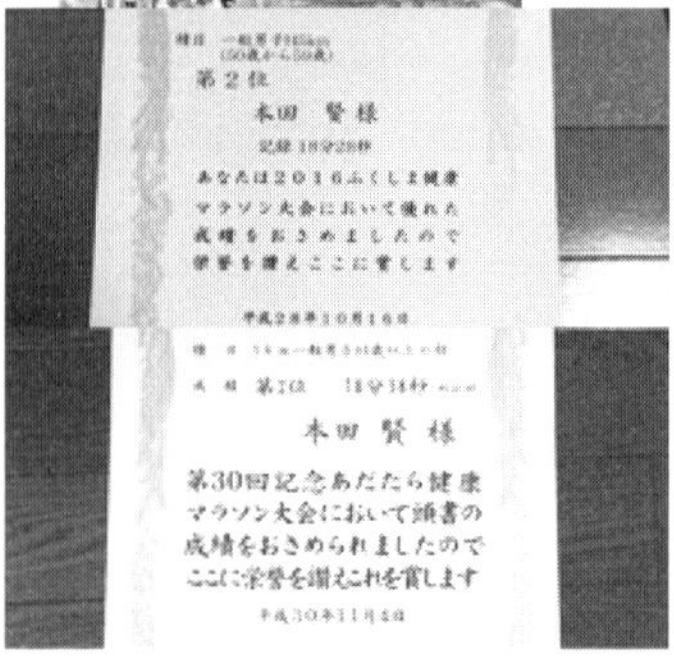

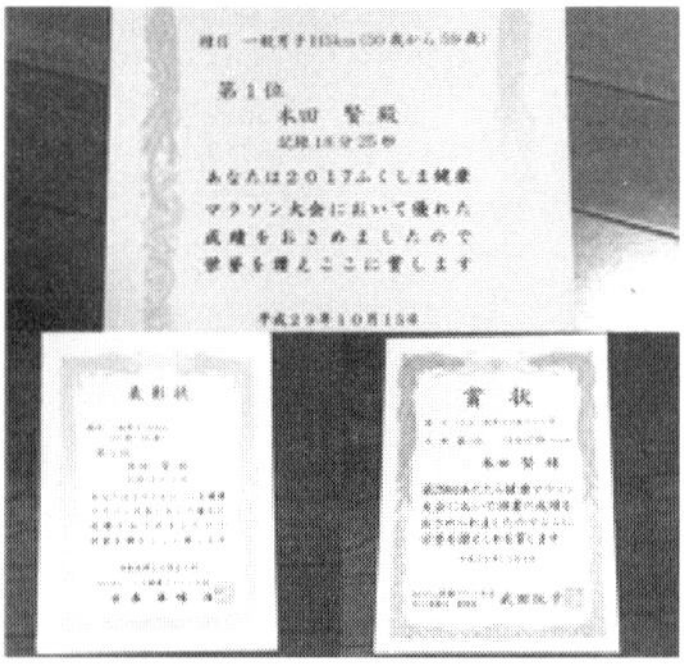

↑数少ない年代別優勝の賞状

←　入賞の賞状　↓

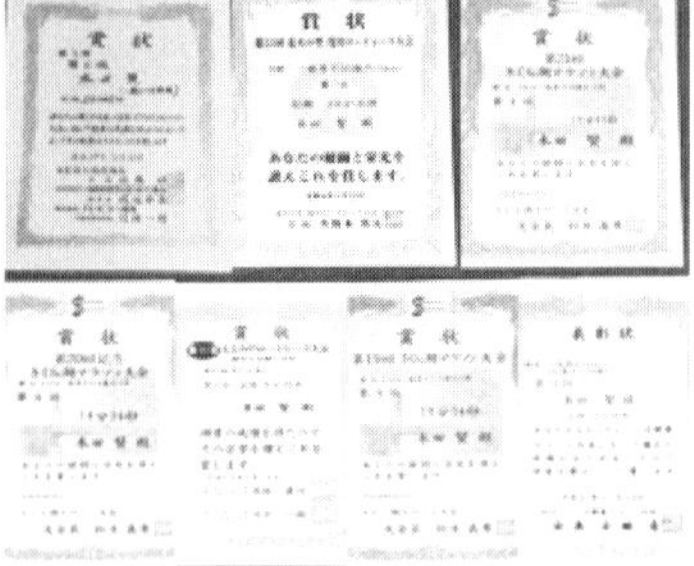

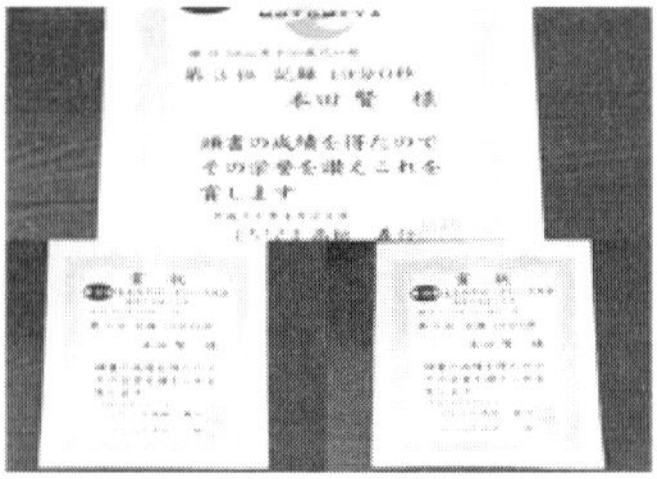

10. 加齢との戦い

陸上競技も含め、スポーツ全般に言えることであるが、パフォーマンスを出せる最高の年齢は一般的に見て10代後半から遅くても30代あたりまで。世界記録を出したり、オリンピックで優勝したりという世界のトップはそのあたりでピークを迎えている。

いくらどんなスポーツの達人であろうと若い頃に最高の結果を出した頃の記録を、歳を重ねてどんどん塗り替えていけるってことは全くない。加齢とともにどんどんパフォーマンスは降下していく。それが一般的に言われる老化による筋力を含めた全身の機能が低下していく影響であることは誰もが実体験上もわかっていることではあり、予想はできる。仮に同じ練習量を継続できていたとしても加齢によってパフォーマンスが下がっていくのが一般的で、避けることができないことだろうと思う。トップランナーでは全くない一般人の私も、加齢による記録の落ちはご多分に洩れず同様の下降曲線を辿っていくことだろうし、事実そんな感じはある。

確かに他の競技と比べて、年齢を重ねても走れる競技だと言われるマラソンだが、ある博士がアメリカ人男子ランナーのデータを分析したところ、記録は40歳を境に下降線を辿り、50代後半まで見ると10年あたりで6から7％の割合で低下していくことがわかったという（『42・195㎞の科学』ＮＨＫスペシャル取材班）。それは、これまでの研究によれば、健康だが運動をしない男女では30歳から10年ごとに最大酸素摂取量が9～10％も低下するが、一方激しい持久的トレーニングを継続している場合は、30歳からの加齢の伴う最大酸素摂取量の低下は10年あたり5％程度で、低下割合は半分以下になるような結果であるらしい。更に筋力の強さは、トレーニングを継続していれば多くの場合、40代でも維持できるし、場合によっては50代、60代になるまで極端に衰えることはないということだった。努力次第で低下度合いは減らせるということ。

ここまでは参考文献に書かれていた内容ではあるが、私自身はその加齢に伴う心肺能力や筋力の低下を食い止めつつ、少しは維持し続けることができていたという実感がある。

それは、私にとっては50代後半になっても低いレベルながらも、そのパフォーマンスを維持、向上させることができたということ。このことが驚きであるとともに人間の可能性を感じられる結果であったということがある。怪我をしない程度の練習量であれば、60歳近くになってもパフォーマンスを向上できるというこのスポーツの奥深さと面白さでもあると思う。フルマラソンでの結果が、それを物語っているということは言えると思う。それは単に努力を続けるということだけではなくて、細々とであっても継続してやってきたことの結果であろうということは言えるのではないかと思っている。その結果を提示してみる。

この結果を見てどうのではないが、完全に老人に近いと言われるこの50代後半になっても記録を向上させていることに、自己満足が少しあって、このままどんどん行けるのではないかと思っていたのが57歳くらいまでだった。さすがに58歳を超えるあたりから、疲れが抜けないとか走行距離を伸ばしても全くレースの結果は頭打ちになってくると、加齢との戦いだと認識することになってくる。現時点でもう半年程度で還暦。鏡で顔を見るとホントに老けてきたオヤジ顔なんだが、大会ではまだまだ若い人たちと一緒に走るという元気一杯の体を維持できているってことがちょっとした自己満足になっているだけで、やっぱり加齢との戦いというのはここ2年くらいで更に厳しいことになってきたなと感じる。

しかしながら、上には上がいるではないが、頑張ってトレーニングしてきても、年代別でも上位入賞ができなかったりするわけで、まだまだ上がいるからこそ頑張って負けないように努力してみようと思うことがある。それが今のレース参加のモチベーションにもなっている。勝ちたいが勝てない。特に年代別で言うと、どんどん50代の後半になれば、

フルマラソン出場レースと結果

年月日	年齢	大会名	回数	記　録	ラップ /km	順位	一言コメント
2010/2/14	48	いわきサンシャインマラソン	1	3 時間 43 分 45 秒	5分18秒	119/593	初フル完走で感激
2010/8/29	49	北海道マラソン	2	3 時間 49 分 3 秒	5分26秒	583/3486	とにかく暑い中での思い出のフル
2011/2/13	49	いわきサンシャインマラソン	3	3 時間 35 分 37 秒	5分7秒	104/707	3 時間 30 分切りならず残念
2012/6/24	51	KL マラソン　2012	4	4 時間 13 分 1 秒	6分00秒	153/982	しんどかったにつきる。完走がやっと・・
2013/2/10	51	いわきサンシャインマラソン	5	3 時間 57 分 36 秒	5分38秒	143/531	遠藤君のフルデビューアシストで遅れた
2014/10/12	53	KL マラソン　2014	6	4 時間 10 分 55 秒	5分57秒	24/ ?	24 位は M50-59 だが暑くてきつかった
2015/2/8	53	いわきサンシャインマラソン	7	3 時間 41 分 35 秒	5分15秒	86/1023	マレーシアからの弾丸ツアーで参加しいわき泊まる
2015/11/1	54	茂庭っ湖マラソン	8	3 時間 25 分 28 秒	4分52秒	17/188	初サブ 3.5 ハーフの疲れもなく行けてしまった
2016/2/14	54	いわきサンシャインマラソン	9	3 時間 27 分 58 秒	4分56秒	44/440	後半辛かったが順当に 3.5 切りは行けてきた
2016/11/23	55	大田原マラソン	10	3 時間 28 分 49 秒	4分57秒	193/	20km で諦めようと思ったが、最後まで執念で歩く
2017/2/12	55	いわきサンシャインマラソン	11	3 時間 21 分 45 秒	4分47秒	32/	フルでの PB 更新 1.5 年ぶり
2017/5/21	56	いわて奥州きらめきマラソン	12	3 時間 38 分 59 秒	5分11秒	45/	半端ない暑さ 32 度以上になった、きつかった
2017/8/27	56	北海道マラソン	13	3 時間 29 分 33 秒	4分58秒	1439/	札幌ツアー兼ねて参加。もう少し行きたかった
2017/11/23	56	大田原マラソン	14	3 時間 11 分 33 秒	4分32秒	62/	フル PB 更新できたが後半全く走れなかった
2018/2/11	56	いわきサンシャインマラソン	15	3 時間 17 分 40 秒	4分41秒	21/	いわきのコース PB だが 15 分は切りたかった
2018/5/20	57	いわて奥州きらめきマラソン	16	3 時間 16 分 5 秒	4分39秒	30/	後半は落ちたが平坦なコースでなんとか 20 切り
2018/8/26	57	北海道マラソン	17	3 時間 28 分 30 秒	4分56秒	83/1152	北海道家族ツアーで参加、楽しかった
2018/11/23	57	大田原マラソン	18	3 時間 7 分 27 秒	4分26秒	41/	1 年ぶりの PB も後半全く走れなかった
2019/3/3	58	東京マラソン	19	3 時間 9 分 55 秒	4分30秒	2246/27238	低温、雨の中手足の感覚がなくなるほど寒かった
2019/5/19	58	いわて奥州きらめきマラソン	20	3 時間 18 分 35 秒	4分43秒	21/	後半 23km から足が重くなり、半分くらい歩きになる

毎年若い人が入ってくるわけで、勝てなくなってきてはいるが、負けてたまるかということで頑張ろうという気持ちはまだあるし、毎年だが去年の自分の記録には負けたくないという気持ちが、最近になっても全く衰えず、日々の練習を継続させるモチベーションになっていることは間違いない。

そんな気持ちをどこまで維持できるのかということと、どこかでもう目一杯頑張るってことはやめて、ゆっくり気持ちいいペースで走りたいということもあったりする。

誰よりも早く走って自分の最高のパフォーマンスを出して頂点を目指すのがトップアスリート。歳を取っても、その中ではなんとか上位でいたいという変な負けず嫌いを発揮している市民ランナーがなんとなく頑張って練習して、大会で上位入賞とかを果たしている。そのうちの一人が自分だが、とにかく歳を取っても自己記録を少しでも更新するにはどうしたらいいのか?なんとかサブスリーを一度でも達成できたら、あとはゆっくり走るとか思いつつも、短い距離の大会では目一杯頑張ってしまう。結果はどんどん下り坂に入っているが、まだまだやれるのでは?まだいける！などと走る気力だけは衰えてはいないから、老化との戦いを意識はしても年齢に負けてしまったという自分にはなりたくないという思いだけで走っている。

そんな自分がなんとなく嫌になってくる頃と、もうこれ以上は無理だろうなと諦めに近い気持ちになる頃に精神的な老化が始まってしまうのではないかと思い、まずは老化との戦いは、自分の気持ち次第ということにしておこう。なんとなくだが、この先60歳になってもそんなに急にガクンと落ちるということではないのだろうと思うことが、ここ数年走っていて感ずることである。継続的に走れていれば急にレースでのパフォーマンスも落ちないと思うし、体も急に全身から筋力が失われてくるという気もしないから、多分老化でのパフォーマンス低下ということを認識するのはもっと先なのかもしれないと思っている。

11．怪我をして気づいたこと、学んだこと

走り始めて10年程度。最初の1年目くらいは体が慣れない中で足の甲が腫れてきたりとか、ちょっと膝が痛いとかいうことはあったにしても、大きなトラブルや怪我に見舞われることはなく、海外赴任時期も含めて細々とランニングを継続できてきたことはある意味幸運なことだったのかもしれない。特に何か念入りな準備運動やアフターケアをするわけ

でもなく、適当にやっていただけでもトラブルはたまたまだが、なかった。ところがサブスリーを達成したいと焦る中、走行距離を伸ばして、ろくな休養もとらずに走り続けていった結果、大きな怪我をしてしまった。

２０１９年、このシーズンは58歳になり、パフォーマンスも下り坂だがこのあたりでフルマラソンの最高記録を出さないと、この先は絶対無理だろうと思っていて、なんとなくの焦りから月間走行距離を伸ばしていた。５月３１１km、６月３１７km、７月３１２km、８月３０６kmと、そこそこに走る時間を確保して順調に月間走行距離を伸ばしてきていた。月間３００kmというと市民ランナーではそれなりに頑張っている人は走っているから、それほど特筆すべき内容でもない。ただ、なんとなく疲れが溜まってる感があったが、10月のフルマラソンではいい結果が出せるだろうという漠然たる思いで、９月も前半は順調に走っていた。しかし、それから3回も連続してふくらはぎの肉離れを起こすことになってしまった。

１回目は、９月８日薄底のアディダスで全力疾走の８km（２kmの駅伝を4回）を走った後のジョギング時に急にきた。２回目は、20日後の９月29日にやはりアディダスの薄底で16kmジョギングしているときビキってきた。３回目は、それから28日後の10月28日にやはり薄底のシューズで20㎞走った後の翌日のジョギングで急にヤバっていう感じで同じ右ふくらはぎに激痛が走った。ついに3回目はそこから歩けないほどの痛みで、右足を引きずりながらやっとのことで帰宅した。痛みがあっても2週間程度で和らいだところでちょっと走ってみると、同じ箇所を痛めてしまうということを3回繰り返した。

結局、10月と11月にエントリーしていた大会は全部欠場することになり、サブスリー達成どころか、大会のスタート地点にも立つことができなくて、フルマラソンシーズンを棒に振った。思い返してみるとやっぱり起こるべくして起きたトラブルだったように感じた。まず毎回のジョギングは全く同じペースでキロ5分以内程度で走り疲れをどんどん溜めていたような感じがあり、腰を下ろしただけでふくらはぎとハムストリングがパンパンになっているような感じがあった。

また、1年前くらいから厚底のナイキのシューズを2足履きつぶした後に急に薄底のシューズに変えたという変化点があった。厚底のナイキのシューズで走ることによって、着地衝撃や蹴り出しの衝撃に弱い脚になっていたような気がしていた。私生活でも暑いからビール、酎ハイの缶を毎日2~3本飲んでいたため、夜中の2時から3時にトイレで目覚めてしまい、それから眠れなくて疲れが抜けない状況の中でもなんとか必死に朝ランを継続させていた。

こんなトラブルの経験は全くなかったが、まずは普通に走ることもできない中で辛く悔しい3か月だった。3年連続で出場していた「ふくしま駅伝」もレギュラーに選んでもらったにもかかわらず、痛みが引かなくて走れなかった。

こんな思いをするのはもう嫌だ！　しかしどうやったら良くなるのか、どうやったら強くなれるのかわからない中で3か月ずっと考えていたが、やはり疲れが溜まっているから休めということを体が教えてくれたのかもということと、この機会に故障しない強い脚を作るにはどうするべきなのか考えて本を読んでみたり、ネットで調べたりして考えていた。

そして辿りついた結論は、時間をかけても筋力アップから地道にやっていく、そして足首や足指の柔軟性も高めていかないと同じことになると思い、筋力強化のためのトレーニングも半年かけてでもじっくりやっていこうということにした。急がば回れ。ゆっくり走って地足を作り、それから2~3か月後からスピードを上げていく。11月末から焦らずゆっくり走ること。冷たいアルコールや飲み物を少し控えて、夜中のトイレ起きをなくすようにする。

大会参加は4月まで入れないで4月からの大会で過去の記録を塗り替えるべく全力で取

り組む。これまでの故障や失敗をしないように、ベースの脚をしっかり作るだけでなく、不摂生な生活を改善することをしないと結果は出せないと思った。そんなことで、毎日のアルコール摂取も平日は控えて、ここ半年は真面目に目標達成に向かう中である程度の我慢をしないとならないと思ったが、酒量を減らすことだけはできなかった。しかし、これほどの故障がなかったら、そうやってみようとは思わなかったという自分が情けなかった。

結局、苦しい思いをして初めて反省をして行動を改めることができたということで、情けないが故障が教えてくれたことで行動を少し変えることができた。痛い目に遭わないと普通の人は行動を変えようとはしない。そんな普通の自分だったが、二度とこんな思いはしたくない。強い自分になりたいという思いで行動を少しだけだが変えることができたのかもしれない。時間はかかったが、ただがむしゃらに頑張ればより強くなれるはずだということは大きな間違いだったということに気づいただけでも良かった。自分の身体への過信と意地を張ってでもやってやるという気持ちに驕りのような自分がいたことを大いに反省する機会になった。

結果的には、毎日それなりにきついペースで走らなくても、力抜いても結果はさほど変わらないということと、走れなくなったらそれまでの努力は全く意味をなさなくて、マイナス側に拍車をかけるだけだとつくづく思った。安定して年間を通じて走り続けるには、まずは怪我をしない強い体を作る。強い脚を作る。そのためには、あえて無理なペースでないゆったりと疲れが出ないくらいのジョギングを継続するということが最重要ポイントであると再認識して、日常の生活や行動パターンも改めることができたような気はしている。でも、これを継続していくにはレースに参加するというモチベーション維持の機会が今後のところで予定がないのが少し残念ではある。でも、怪我をしたことによってわかったことや気づいたことは頭だけでなく、体に刻まれて覚えた感があり、いい経験だった。

12. 自分にとって走ることとは

「走ること」というテーマで3冊目の本を書いている。初版は「何を求めて走ったのか」、続編が「走ることで学んだこと」が副題だった。そして今回の著書は「これまでのことと未来について思うこと」である。「何かを変えるには走り始めてみることがある」という副題にしてはいるが、内容としては自分の過去を恥ずかしながらもさらけ出して、振り返ってみているものである。

そして、その先にある自分の将来について記述するということには、ある一つの仮説と思いがある。それは、過去に言った（書いた）ことが大風呂敷を広げて、大ほらをつくような内容であるかわからないが、それをあえて公開?してみる。そうすることによって自分自身の将来にどういう影響を及ぼすのか、書いておいて客観視することで、その時点で大ほらと思えていたようなことが、近い将来に、もしかしたらかなりの勘違いをしてしまっていたと気づくか、逆にそのままの結果になっているかも?とか、先はわからないがそうなることを願っているということがある。つまり、そうなれるというか、なるためにどうするかを考えて行動することになるのではないだろうかということがある。

だが一方では、そういう思いは自分の中にずっとしまいながら、心の中でその思いを反芻しながらも何度も何度も自分の中だけで結果をイメージして毎日を過ごすほうが願いが叶うかもしれないし、どちらが結果的にいいのかはわからない。願望を叶えるためだけに人は生きているわけでもないのだが、目先のところではそうありたい将来像を誰もが持っていることだと思う。

自分のことは自分が一番わかっているはずなのだが、自分が一番簡単に自分の思いや誓いを裏切ることができてしまう。自分で決めたことだが、それを１８０度勝手に方向を変えてしまったとしても、他人は誰も気づきもしないのと、少しはやろうとしてやり続けることに対してそれを妨げる自分自身が一番甘いんだといつも思っている。

そんな私の思いとは裏腹に、時間は何の起伏もなく平坦に経っていくということがある。感覚的に歳を取ると時間の経過が早いと感じるというが、海外赴任時代の3年ちょっとの時間も振り返ってみると早かったと思うし、大したことができなかった自分が情けなくなってくる。

その頃思っていたことは、自分自身の本来の居場所はここではないのではないかというような、一時的な場所としての感覚を抱いて生活してきていただけに、まあこんなところで我慢していようとか、日本に戻ったらできるんだからとか、やたらと現状の不満やちょっと違和感に思えることもしょうがないから諦めるというような気持ちになっていることもあった。応急処置やとりあえずの暫定策で妥協して、真因には工数やお金を投入しないできたということはあった。

そんなことを考えながらも走り続けることだけはやめないで継続できていれば、自分自身が今まで築いてきたと思っていた体力と健康を維持できるのだと信じて、週1回以上は走るということを継続してきた。そんなことを考えながら走ることを一人で黙々とやっていた海外赴任時代を自分なりに考えて振り返ってみたい。

日が差している間は、常夏の気候のマレーシア。夜もムシムシした感じがあってとても走って気持ちいいような時間帯はない。土日だけだが、ゆっくり走っていても汗は流れて7〜8㎞走るともう限界。これ以上走ろうという気が全く起きないというか、ギブアップになってしまう。朝、日が昇る前は少し涼しいときもあるが、たいていの週末は前日酒を飲んでいて寝るのが遅く早起きができない。土日も殆どは朝走ろうとするが早く起きられずに挫折して、夕方のモヤっとする陽気の中で走ったのが殆どだった。

そんな感じで大した練習もできず、これで満足というような走った感は日本にいるときと比べるとはるかに低いし、暑さがなんとしても辛い。ジョギングのペースは朝ランでも日本では大体キロ5分ペース以内だった。そのペースで走ることが辛くなってきて、赴任当初は外を走るとキロ5・5分がやっとだったから、その暑さを避けるように室内のランニングマシンだけの練習で臨んだフルマラソンは前述した通りボロボロだった。

暑い、辛いで外ランが苦になりつつあった頃に『マラソンはゆっくり走れば3時間を切れる！』（田中猛雄著）という本を読んだ。そこでの練習方法の要点は、疲労抜きランという自分のＭＡＸスピードの半分の速度という超ゆっくりで走るということが書かれていて、思い切ってゆっくりランを実践してみた。いわゆるLSD（ロングスローディスタンス）ってやつ。そうしたところ、とにかく苦しいというジョギングが少しは楽になってきた。自分で苦しんでいかないとそれ以上の力はつかないと信じていたのだが、その本を読んでゆっくり走る練習を取り入れても結果を出せるのかもしれないと考えるようになってはきた。確かに海外に来てから2回目のいわきサンシャインマラソンでは、そこそこには走れたが、それが本当にそうだと自分で思えるには、何回かのマラソンの結果を見ないとならないから、もう少し時間がかかるだろうと思っていた。

しかし自分としてはキロ7分とかでは走った気にもならず、やっぱり走り出したらキロ6分以内で走らないと走った感がなくて、ゆっくりランは続けることもなく通常のキロ5分から6分くらいにいわゆるジョグペースで走ることしかできなかった。あまりにゆっくり走るのは、走った感がなさすぎて続けられなかった。

走ってきたことによって自分として得られたことは、これまでの著書で若干は述べてきた。最近思ってきているのは、走っている最中に、やはりそのペースによってそのときに考えること、考えられることは変わってくるということ。呼吸が苦しくならない程度のジョギングペースで延々と走り続けることはできるようになってきた。そのペースでたらたら走るのはそれなりには気持ちいいし、楽しい感じがある。それは、走り始めて30分程度走れるようになった人は誰でもわかる感覚であろう。そこからちょっと苦しいとまではいかないにしてもちょっときついかなというところで頑張って走る（私にとってはキロ4分台中盤がそんな感じ）となると、走り続けることが楽しいという感じはなくなってくる。なんとなく、楽しんで走るのではなく「鍛えるために走ってるんだ」というような感覚になってくる。

そこで考えることは「ここできつくても頑張らないと力がつかない」とか「次の大会でも前回よりいい結果は出せない」とか、そんな決意じみた感覚が少し強くなってくる。更に自分の目一杯の80%くらいのペースで走ると、だんだんそんなことも考えられなくなってくる。くそーやってやるぞ的な感覚になってきて、早くどこかでやめて休んで楽になりたいということを半分考えながらもどこでやめようか計算しつつ走るような感覚で、走ることに集中しているからそれ以外のことなどあまり考えられなくなってくる（私にとってはキロ4分前半くらいのペース）。

そこから更に自分の100%近いところで走ると、もうそれ以外のことはあまり考えられなくなって、全てそれに集中する境地になる（私にとってはキロ3分半くらいのペース）。

これが無の境地に近いではないけど、懸命に走っているとき、そしてもうだめだと止まってハーハーと休んでるときもあまり何も考えらない自分がいると気づく。本当に一生懸命ということは一所懸命という、それだけに集中し他は何もない世界に入る感じがする。それは人それぞれの鍛えられてきたレベルによって違った世界なのかもしれないが、私にはそんな感覚がある。

懸命になる。集中するということが全身の不要な感覚を麻痺させてしまうような感覚を感じる。それは読書に集中していたらTVの音が聞こえなくなったり、別のことを集中して考えていたら、全く人の話が頭に入ってこないという感覚に非常に似ていると思う。そのことは、長年人間の中に作られてきた、危険から身を守るために本能的に培われてきたことだろうとはなんとなく想像ができる。そこだけは、なんとなく一般的な感覚だから普通に皆がわかることではあろうが、本気で走ってみたことがない人にはわかりにくい感覚であろうとは思うが、小さい頃かけっこをしていたときを思い出すと皆同じ感じのことが思い起こされることとは思う。

それと同じようなことが自分の記憶についても言えると思う。人間はあるときに五感で感じたことを忘れてしまうことができるからこそ、集中して別のことができるのだということだと思う。人間の脳がいかに素晴らしい構造を持っていても全体容量は決まっているのだろうから、過去の記憶も全部鮮明に頭に入ってしまっていたら、どこかで許容量に対してオーバーフローしてしまって、あるところから新しい記憶が記録されなくなってしまうかもしれないと思う（勝手な想像だが）。そんなところで人それぞれにどこかで見た、聞いた、感じた、考えたことを取捨選択して捨てているのだと思うと、そのメカニズム自体は私の想像を絶する世界で、頭では理解できないのが現実である。その脳の感覚や構造については興味があるが全くわからない。自分なりには本で読んだレベルと自分の経験値を合わせて考えてみたことについては、次の運動と脳の関係についてのところで考えてみたい。

ここではやはり「走ること」とはということで考えていくと一つ思っていることは、走ることとは「未来に到達することができることを早く行えることの能力を高めようと思ってすれば、そうすることができる」のではないかと勝手に解釈をしている。走るということは、目的地に向かって、歩くより早く到達することができる。目的地は未来に到達しようとしている到達地点であり、それは自分で行きたいと思うことに早く辿り着くことができるように、身体的能力を高めていった結果でできるようになるということではないかと思う。それはすなわち自分がなりたい（行きたい）という地点に近づこうとして、それをやれるようにすることだと考えるとどうだろう。それをパッとやってしまえるようにできる能力を手に入れること。走って自分自身を鍛えること。それを面倒だと思わずにやってしまうことができるようになってきているようにも感じる。

人間には限られた時間しかない。その限られた時間の中でより早くそこに到達する能力を高めることができれば、多くのことをなすことができる。結果的に多くのことを早く成すことができる能力を高めることができるのではないのかという仮説がある。そういうふうに思えるように、脳の構造を変えていくことができるようになることではないかということを感覚的に思っている。歩く速さが速い人と遅い人だと、速い人のほうがエネルギッシュに感じるし、自信に満ちている感じがする。自分が速く歩いてそこに辿り着いてから、また先にやるべきことに多くの時間を使ったり、考えたりすることができる。

走ることは単に自力による移動ではある。移動の無駄とか言うが、移動そのものを無駄にしないで、自分の体に負荷をかけて、体力を向上させることができる。それは、鍛えれば鍛えたなりに筋肉が育つように、肉体を成長させることにもなるだろうと思う。ある程度、歳がいった人は成長というより老化防止に効果があるだろうが、歳を取っても肉体を成長させることができることは間違いないと思う。

一方では前述した通り、未来に到達するというのは死に近くなるということだと考えると暗くなってしまいそうだが、そうではなくて生きている間の時間をより濃く、充実させたものになれるようにすることだと感じている。走り終えたときの達成感、充実感を何度も味わえる。自分なりに納得いっていない部分については、それで未来に課題が生まれるのと、それができるように自分自身が変ろうとすることに努力すれば、変れることを実感できることが非常に大きいと思っている。

いくつになっても人は変われないと思っている部分があるけど、変わりたい自分があると思っている。走ることによってそれを比較的簡単にというか、やればやっただけ結果に反映できるという意味で実感できることだと思える。

だが、そこの境地に達するまではいかないが、そうだと実感できるようになるには数か月間は継続してやってみないとそれを実感することは難しいと感じている。確かに走った後に筋肉痛になれば自分の体に変化が起きるのだから、変われる体のサインだとは実感できる。それを継続した結果で、以前と同じことをやっても筋肉痛にならないとなれば、それで自分の体が変われた。肉体が変われたときには、その経過と結果が自分の頭の片隅に記憶として残っていると思う。

そしてそれは、続けていくと体が覚えていて、考えてやっと思いつくのではなくて、瞬時に体が反応することができる。それはやれると判断できることが脳に刷り込まれて、なおかつ体ができてきたからこそできたのだろうということが実感できる。継続して走ってきたからこそ、その感覚を身につけることができてきた感じがする。そして一方では、いくら頑張ったらどこまで行けるのか自分の将来は未知数だからこそ面白い。限界を知りたいというより、自分なりの限界はなんとなくはこんなもんだろうと思っていたことより更に少しでも上に行ければ限界って何なのだろうとも考えてしまう。

現在のパフォーマンスを出せた背景には、「過去にこんなものがあったが、これから先にこれだけのことをやれば相応の結果を出せるのだろう」と、「未来を想像しながら自分の未来を創造する。夢を想像しながら自分の未来を切り開いていく」これが、私の走ることだ。

次項では、運動することによって体で感じていたことが、どんな人間の歴史や科学的根拠に基づくものなのかについて、参考文献などを見ながら考えてみたい。

13. 運動と脳の関係について

体を動かすことが健康に繋がることだとは一般的に言われており、誰もがそれを認識してはいることだろう。なんとなくだが、運動していればメタボにはなりにくいだろうとか、体を鍛えれば免疫力も上がるのだろうとか、そんななんとなくの理解はできても、本当にそうなのか？とかいうことは色々と考えてみても自分の経験した範囲でしかわからない。そこを本格的に研究するのは専門家に任せるにしても、自分の体のこともよくわかっていないことが多すぎる。

人は一人ずつ全く違った遺伝子の細胞体の集合なのだろうけど、その人の一生と過去から歩んできた人類の歴史がどう結び付いているのかは非常に興味があるところである。そこを少し知った上で納得してやってみることと、全く知らないでいることでは、どうせその先に間違いなく待っている死という一生が終わるまで間の生き方や行動に少なからず影響が出るとは思う。なぜなら、自分も危険だとわかっているから手を出さないことがあるように、知識としてでも頭の片隅にあればそれを生かそうとか避けようと考えることができると思うからである。

最近、運動と脳の関係など本によく書かれている。自分が本で読んだようなことを頭でイメージして、そうだなと思うことと結び付けながら人間の過去の歴史からも紐解くことまではできないにしても、考えていきたいと思う。

地球上で多細胞生物が生まれたのが５・５億年前で、１・５億年前に恐竜がいた時代にも悪性細胞の癌がはびこっていたという。なぜ癌の話かというと、ここ数百年の間に急増していて日本人の半分がこの癌によって亡くなっていくが、それにはどんな経緯があったのだろうか？　ＮＨＫで放送していたＴＶネタなのだが、興味深かったので紹介すると７００万年前にアフリカで生まれた人間は二足歩行をするようになって生きるために狩りを行い、数10㎞も走ったり移動したりをしていた。そして遠くまで食料を獲りに行って、その見返りとして女性と交尾していたという。男は進化の過程で、精子を増殖させる能力をつけたが、同時に悪い細胞も脂肪酸を使って増殖されることになったという（ちょっと違うかもしれないけど、専門家でないのでご勘弁）。

そして、脳は２５０万年から１８０万年前の石器時代の頃から急激にその量を巨大化（ほぼ倍）させていった。そして、６万年ほど前にアフリカから人類が世界中の色々なところに移動するようになった。赤道直下で太陽の恩恵を得ていたが、寒いところにも移動して紫外線の少ない地域で生活するようになって、本来ビタミンDが作られるはずのところができなくなり、癌になりやすいという話もあった。

もちろん今日では狩りをしたりしなくても生活できるが、私たちの遺伝子には狩猟の行動様式がしっかりと組み込まれていて、脳がそれを司るようになっている。したがって、その行動をやめてしまうと数万年以上にわたって調整されてきたデリケートな生物学的バランスを崩すことになるらしく、ＤＮＡに組み込まれた古代の活動を真似すべき部分が大いにあるということだった。

更には、追い打ちをかけるように近代の産業革命以降には人間の体に有害な物質が流出するようになってきている。そして生活様式も電気の発明によって夜間の活動ができるようになって、夜間のみ活動するような人は血液中のメラトニンが１／５しか分泌されず、本来の体に備わっている癌を抑制する仕組みが機能しなくなってきているということだった。

そして生命進化の中で男と女という性があることによって遺伝子の組み合わせの多様性がもたらされ、疫病などにも対抗できる種が作られてきたということがある。我々はその勝ち組遺伝子の恩恵を得て、寿命も延びてきてはいるのだろうが、一方で本来の人間に備わっている生命維持のための抑制力の発揮や強い生命力をもたらす機能を活用しない手はないとも思う。

そんな中で、脳の仕組みや運動との関係について、文献などを参考に少し考察してみたい。『脳を鍛えるには運動しかない！』（ジョンJ・レイティ著）では具体的な実例をもとに様々なことが書かれているが、まとめとしてざっくりだが運動がどれほど健康を支えてくれるか８つ挙げている。

①心血管系を強くする
②全身のインスリンが調整され、脳ではシナプスの可塑性が高まる
③肥満を防止する
④ストレスの閾値を上げる
⑤気分を明るくする
⑥免疫系を強化する
⑦骨を強くする
⑧意欲を高める

それ以外にも納得性のある説明があり、非常にわかりやすい内容になっている。運動の強度を含めて面白い内容が書かれていて、共感できる部分が多くあった。

運動をすることによって体自体が鍛えられて強くなるということは誰しも理解できると思うが、精神的な部分で意欲が高まったり、ストレスの閾値が高まるということ、気分が明るくなるのはなぜなのかも、脳内からの物質の放出などと関連付けわかりやすく書かれていて、自分の経験と照らし合わせても理解しやすい内容だった。

そして『プロフェッショナルの習慣力』（森本貴義著）の中では、その大意としてはイチローのような毎日のルーティンが習慣力となって結果を出せるという内容ではあったが、その題名と直接的には関連のないフレーズで人間の体の本来持っている力やそのメカニズムが少し解説されていた。ストレスを受けたときは脳からの指令で副腎皮質からアドレナリンという脳内神経伝達物質が分泌され心臓のドキドキになるが、それは体に危険を感じたときに人間は戦うか逃げるかどちらかを選択するようにプログラムされていて、体を興奮状態に持っていき、戦うか逃げるかの準備をしている。まさに本能的にそうなるように一瞬のうちに反応するという脳と体のコラボレーションだと思う。

そして運動して筋肉量を増やすことが冷えを防ぐことになるが、それは体温が低下すると緊急時にエネルギー（熱）を放出しづらくなる。動物が冬眠するように熱を放出しなくなった体は休止モードになるので、内臓機能も低下してしまうらしい。体温が1度下がると免疫力は30％も下がるという。その筋肉の大部分は下半身に集まっているので、足の筋肉を鍛えることで体温の維持、上昇になるという。あらゆるスポーツの基本にもなる「走る」という行為。それを継続的に行っている人は健康になれるというか免疫力を発揮できるから、不健康ではないということではないかと思う。

更にリンパは身体の中の老廃物を受け取り、排出すると同時に外部や内部から侵入した異物と闘い、それを排除する役割があり、それも体を動かさないとリンパの流れが滞っていることになるから、その機能も発揮できなくなるということらしい。

いずれも学校で学んだことだったかもしれないが、全く忘れているし、科学的な根拠を考えながらそれを繋いで考えている人は少ないだろう。というか、教えられたり、本の中にあるのは情報だけであり、それらの情報を活用して行動してみないことにはその実感も得られないし、自分の体でそう感じないと納得できないと思う。

そして、脳神経外科医の林成之が著した『望みをかなえる脳』では脳と心についても書かれていたのでそれを引用すると、我々の脳は「生きたい（自己保存）」「知りたい（学習）」「仲間になりたい（同種既存）」という本能を持っているという。ものごとを認識する前頭前野だけのレベルで発生する「気持ち」が、そこから更に脳の中心部に存在する自己報酬神経群、線条体などダイナミックセンターコア（脳内の考える機能の中心となる部位）を働かせて、自分で考えるプロセスから生まれてくるのが「心」ということになるという。

ダイナミックセンターコアに含まれている神経群を刺激するような行為、例えば「面白い」「興味がある」「好きだ」「意欲をかき立てられる」「感動した」などと思いながら仕事や勉強をすることによって、神経群が活性化されて考える能力が高まるという。そして気持ちを前向きにして心を良くしようと努めることによって頭も良くなり、仕事や勉強で成果を出せるという仮説も実証されているようだった。

また、「脳は本来どんな意見や考え方や立場が違っていてもお互いを認め、ともに生きることを望む臓器です。したがって、その脳の特性や原理に反する組織や社会の仕組みが人間を幸福にすることはありない。それよりも失敗を許す寛容さ、弱点を認める素直さ、そのような共存的な生き方に努めることが、脳が望んでいる人間の豊かで幸せな生き方なのです」と書かれていた。精神論的な内容でなく、実践してきた脳神経外科医である教授の話の内容には説得力があった。

ここまでで何を言いたかったかというと、人間が石器時代頃から急速に発達させてきた脳には、過去の数十万年の我々の祖先が実践してきた行動の中で生きるために必要な機能が備わってきているということがわかると思う。物事に原理原則があるように、人間の体の成り立ちの歴史にもその原理があり、作られてきたということだと思う。そしてその脳を鍛えることの一つの手段が運動をすることではないかと思う。我々の祖先は体を長時間動かして狩りをして、やっとの思いで食料にありつき、そこで大きな安堵と喜びを得た。食べる、生きることとの当たり前だけどその楽しさや仲間との協力も行いながら成功体験や失敗事例を生かして環境に適応するために進化してきた。

そこで環境に適して進化するために仕組まれたのがベータエンドルフィンで、体を動かしてベータエンドルフィンが分泌されると、人は壮快で恍惚とした気分を味わうことができるようになるという。脳の仕組みそのものが進化していって、体を使って労働することが苦にならないシステムを自らの体内にセットするためだった。遺伝子が作り変えられるには10万年単位の時間がかかるとされていて、今から約5万年前に狩猟時代を生きた祖先と我々は体の構造や遺伝子情報は基本的に同じと考えられるということらしい（『「遊ぶ人」ほど成功するホントの理由』佐藤富雄著より）。

そんなところで、脳の進化の過程と過去の人間の行動様式がどう繋がっているのかについて、なんとなくだけど理解できると思う。運動が脳を刺激して体にいい影響を与えるということ。自分がやっていることを正当化するのではなく、本来の人間の遺伝子が望んでいて組み込まれた機能を活用していくには運動が欠かせないということだと理解している。

一方では、これだけ進化してきた文明社会の中にいる我々にとって、ジョギングしたり走ったりすることはどんなことなのかと考えてみよう。はっきり言って現代の生活をしていく上では全くその必要もなければ、あえてしなくてならないと思うことでもない。多少お金はかかるが、移動手段は車や公共の交通機関を使えば生活上も困ることはない。将来的には人間も現在の大多数の人間の生活様式に合わせた進化をしていくのかもしれない。しかし、ホームレスの人でジョギングをしている人はいないように、太古の生活をしている原住民のような民族の方々は別にして、これからは衣食住が満たされた近代生活の中で普通の生活ができて時間的な余裕ができた人間は、余暇の時間を利用して運動をしようとしていくことがこれまでより活発になるかもしれないという気もしている。

いずれにしても私個人としては運動がもたらす効能を自分で感じることができているし、それによって心の豊かさやストレス耐性力アップも感じられてきていることは間違いないので、これからも走り続けていくことをやめたくはない。そしてそれによって脳もボケさせないで活性化させることができれば、これからの生活においてまだ生き生きとしている自分でいられるためにも、運動は欠くことはできないと感じている。

14. なぜ走り続けてこられたのか？　そして思いは叶う

何かをちょっとでも変えてみたいというような思いがあって走り始めたのが２００９年頃で、もう10年くらい継続的にランニングを続けている。もう少し上の目標（例えばフルマラソンサブスリー、10㎞38分とか）を達成するのにあと少し、もう少し走り込めば何とか行けそうなのかもしれないという自分への期待があって、しぶとくも継続できてきたということがある。そして、絶対にまぐれがなくて、単純に速い人が勝つという、時間が絶対的な基準となっているマラソン競技ということに魅力を感じたからということがある。練習をやった以上の結果は出せないというある意味つまらないかもしれないが、単純でわかりやすいという面白さがあったからということがある。努力した結果がそのまま成果として表れるということもないが、努力しなければ絶対に結果に繋がらないということがある。本番の大会を迎える前に練習というやるべきことをやってなくて結果を出せることは絶対にないということ。勉学もそうだったが、やるべきことをやりきったとしても結果が出せるという保証はないが、やるべきことをやらずして結果が出ることはないという単純なところが面白い。その過程の中で自分自身を鍛えるというより、ほんの少しでも先のところに行きたいという意思と未来に向かっての希望がモチベーションとなっていたことだと思う。また、才能がなくても努力すればほんのちょっとでもタイムを縮めることができたりすることが実感としてあったからである。

結局、人間は弱いから少しでも楽をして、それで結果を求めたがるが、何もやらずにたまたま結果が良かったとしてもそれは偶然でしかないし、あまり喜びを感じられない。それに対して、やったから少しでも結果に結び付いたと思えることに喜びと達成感を感じられるということではないだろうか。大げさかもしれないが人類がどんどん進化してきたプロセスにはそういう経緯があって、それをやってきた人間が喜びを感じて、そういったことを遺伝子の中に継承してきてることだとは思う。

自分の中では思い続けてそのようになろうとしてればなんとなくではないが、そこに近づいていけたことに大きな喜びを感じられたことがある。5年間のブランクはあってもなんとか駅伝選手に復活できたり、念願のマイホームを手に入れたり、普通のサラリーマンの自分としては少々立派な車に乗ることができたりしたことは、目標を持って思い続けてそれに向かってやってきたからではないかと思っている。当然、自分だけの力や努力でないことはわかりきってはいるが、まずは思い続けて行動してみることが大切だと思う。

15. 何かを変えるには

何かを変えるということは抽象的な話であるが、人は誰でも自分が少しでもいい方向に変わりたいという思いを持っていることは間違いないと思う。自分に完全に満足している人がいるかどうかはわからないが、こうなりたいとか、これをしたいという願望は誰でも抱いていることと思う。そうなりたいということは何か自分の気持ちなのか気分を変えたいということから今と違った自分になりたいという変身願望が、その根本にあるのではないかと思う。理想やありたい自分になりたいと心の中で思っていること自体が変わりたいということに他ならない。

何となく今の自分に嫌気がさすのではなくても、もっといい気分になりたいとか、もっと満たされた気分になりたいと思うとき、何か新しいことをやってみようと思ったりしているとき人はどんなことをすればいいのだろうか？

普段の生活の中で、何かを変えたいと思うのは、何か自分のどこかにマイナスだって思っている自分をなんとか普通の感覚に戻したいとか、もっともっと気分が高揚するような高いところに行きたいかのどっちかだと思う。

どっちでもいいが、今より前に進むことと、より自分が目標に置いているところに近づけそうだと思えること自体が、未来に希望を持ち、今以上の自分になれるんじゃないかという期待感を自分自身に求めることになると思う。

すると、自分自身に期待を込めて未来がもっと良くできるんじゃないかという想像の先にある自分自身へ期待をするということだけでなく、自分がやらないとならないというなんとなくの使命感みたいな感覚も入り混じってくる。

何かやらなくちゃならないとか、なんとか自分がどうにかしたいと思う感覚の先に、このままの自分、今までの自分では何も変わらないだろうというのが、自分の中だけでもぐるぐる回ってる感じがする。そこで、どこかではここを打開しつつ新しい自分を作り上げていきたいと考えたりはする。

そうすると普通はなんとなくだが、何か自分自身になんらかの刺激を与えてみたり、行動を変えてみたらどうなのかということを考える。何かの刺激やきっかけという外部要因がない限り、違う自分になりたいとかなれるかもとも考えられないのではないかと思う。刺激というものは他を見て入ってくることはたくさんあると思う。見たり触ったりして五感で感じられる刺激はこの世の中にあふれていると思う。ただそれは受動的すぎて、その刺激に対して反射的に感じて行うことであれば、単なるリアクションに過ぎない。

しかし、自分自身で主体的に変わりたいとか、変わらねばならないと思って起こす行動とは全く違うものと思う。それは、どう変わりたいのか、どんなふうになりたいのかと考える自分がいて、その意識の先に行動という結果があるということだと思う。

人間が自分で感じて、その入力の結果としての出力は運動あるいは行動でしかない。運動というのは骨格筋の収縮であるから、極端に言えば脳の出力のアウトプットは単に骨格筋の収縮でしかないということである。

だから、逆に考えると骨格筋の収縮に全く影響を及ぼさない脳の働きである「考えてる」だけということは、結果としては意味がないことではないかと思われる。頭の中で思いを巡らせ、想像だけをして何も出力しない（行動しない）ということは、極端に言うと「（仕事をしている会社で）考えているだけというのは寝ていることと同じ」となってしまう。

想像を巡らすこと自体は素晴らしいことで、それが繋がって深く考えることによって最良の解を得られるという意味では大いに意味があるが、最終的には骨格筋を収縮させて行動をすることでしかアウトプットはできない。

アウトプットとは何らか自分以外の外部に対して影響を与えることか、自分自身で行動することだと思う。自分以外の外部に影響を及ぼせることは、それはそれで何らかの影響力を行使したということで、アウトプットがあったということだろうと思う。しかし、それは難しくて、思ったように他人が変わってくれることは本当にありえないというか少ないことと思う。「過去と他人は変えられないが、自分と未来は変えることができる」ということが、本当に当たり前のことだとは誰もが思っているだろう。

それで、自分自身の体に言い聞かせて、今度は行動（骨格筋の収縮）によって脳に影響を及ぼせると考えてみたらどうだろうか？　できないと思ったことができるようになった自分。行動し続けていったら、いつの間にかできるようになったから、その先の可能性も見えてきたことによって、もっとできるかもしれないという可能性が広がっていく自分に出会えることだと思う。

体を表現する努力を古くは「修行」といい、その具体的な方法を「道」といい、それが表現として完成したものを「型」というらしい。今走ることを修行と考えてみると、どうしても苦行というイメージが浮かんでしまう。走ることの〇〇道のようなことも色々なところで言われていることとは思う。走ることの本当のプロ選手には当然これを極めている道があって、型があることだと思う。

しかし、健常者であれば歩くことや走ることは誰にでもできる。確かにいくら修行しても一流の選手のように速く走れるようにはなれないにしても、自分の中での道を見つけ、型を身につけてそれを高めていくことはできることと思う。本当に身近なところで簡単に自分一人でもできることで、そのことを実感できるのはとにかく走ることや体を鍛えてみることしかないと思う今日この頃である。

そして走ることによって自分の変身願望が叶えられる可能性は必ずあると確信している。多かれ少なかれ、そんなことを感じながら日々修行という感覚はないにしても、走ることによって実感はしている。

私自身も、もし走っていなかったら……ということを考えることがある。過去にあったことは絶対に変わらないということはわかっていても、もし走り出すことがなかったら、こんな本も書いていなかっただろうし、体型にしても仕事で感じてきたストレスにしても絶対にこんなふうになってしまっていただろうと、どちらかというとしなかったときのマイナスな面がたくさん浮かんでくるということがある。そのきっかけとなった「走る」ということに対しては、間違いなく時別な思いがある。

また一方で走り始めたことや運動を継続してきたこと以外に、何か自分を変えられたことがあったのかということを考えると、それはあまりなかったのではないかな?ということも今思うと実感としてある。それは、単に仕事で何かを極めたり他に趣味があったり才能が開花できたようなことがある方は別として、不器用で一般人の自分としてはの話であるが。

私の仮説ではあるが、自分が変われたと認識するということは、自分の脳に変わることができたと刷り込まれたことではないかと思う。

自分が変われたと感じるのは、頭の中でそう考えられるようになったということもあろうかとは思うが、自分の体でできなかったことができるようになったとか、なんとなくできそうになってきているときに感じられると思う。それは人間としてなんとなく変わりたいとあまり意識してなくても体が鍛えられ、強くなれたようなときにそう感ずるということではないだろうか。

例えば、無理やり体を動かし続けると体温が上がって、汗を流して体温を下げようとする。それを何度か繰り返すことによって、自分の体を恒温、恒常に保つことができるようになるのではないだろうか。それは意識してやらなくても体がひとりでにやってしまうというところで、風邪を引いても早めに通常に戻すことができるようになることであろうということを、なんとなくだが想像ができるようになってきたということもある。

実際に走り始めてから、風邪を引いても早めに通常に戻すことができるようになって、回復が早くなったということは実感としてある。もう一つは、継続して体を動かして、骨格筋の収縮をやっていると筋肉が大きくなり、脂肪も減って締まった体に変化してくるので、自分が変われたと感じられるようになる。あまり意識していなくても、鍛えることによって体が変わってくることは間違いない。

そして、ランニングなどの適度な運動で疲労物質を出しておくと、それに比例して疲労回復物質もたくさん出るようになるらしい。人間の体とは本当に凄いと思う。更にトレーニングを継続するということは、体の変化に応じた心拍、呼吸、体温などの調整機能を高めて自律神経系を鍛える面があるとも言えるという。

しかし、疲労回復物質の生産には物理的な限界があるので、その修復力を超える負荷でトレーニングをすると回復が間に合わなくなるので、その塩梅が難しいと言えるだろう（雑誌『ランナーズ』より）。

ただ、人間が疲労を感じるのは実際の身体的疲労より、脳のほうが疲れたと感じさせる信号が出て、やめようとか体もうとさせる。それも、トレーニングを続けていくと、まだ大丈夫、もっと大丈夫だろうという耐えられる地点の閾値が上がって、それが結果として我慢するという精神的な力もつくことに繋がるのではないだろうかということが、私の仮説である。

話を自分自身が変われたと感じられるかどうかに戻すと、自分自身の体で実感できること以外に自分自身の考えを変えることができるのだろうかと考えてみる。五感で感じられたこと、他人から言われたことによって、少し考え方が変わるということはある。勉強して、新しいことを学んで、それまでになかった自分の引き出しが増え、新しい考え方が生まれるということもあるだろう。人間は一生学び続け、それによってまた新しい世界が広がり、自分の行動を変えた結果で変われるということは大いにあると思う。

しかしながら一番簡単に単純に自分が変ろうという自分自身を作るのは、体を動かし汗を流してみることではないかと考えている。普通に考えれば、日常生活の中で何㎞も走るという必要性もないし、無理して体を疲れさせることも全くない。非常に無駄だと思えるジョギングやランニングという行為をなぜやっているのだろうか？　それは、やったことのある人には感じられる充実感や達成感であり、目標というたいそうなものがなくても、ただ走るだけで自分自身がポジティブになれたような感覚を得ているからではないだろうかと感じている。

そんなことで、何かを変えるには走ることだけではないが、私自身は走ることをきっかけとして何かを変えられるはずという思いを持って走り始めた。変えたいと思うのは、今の自分のどこかに不満があったり、なんとか現状の延長ではなく別の、自分がいいと思える方向に変えるきっかけになれないかという思いが湧いてくることがあった。

そして色々なことを感じながらも自分自身が走ることをきっかけとして変われたという確信はある。単に体形や体に付く筋肉や骨が鍛えられて変わってきたと感じられることだけでなく、自分自身が普段生活している中で感じられる気分であったり、考え方や物事を見るという視点が変わってきたのではないかという実感はある。それが他の人から見てどう思われようと、自分自身がいい方向に向かっているのではないかと感じられることがあり、それだけで充分という思いがある。

そんなことで「何かを変えるには、走り始めてみることがある」ということで、断定して決めつけることではないが、私の経験上はそれ以外に大きく自分が変われたと感じられる何らかのトリガーはなかったことから、そういう結論にしたい。

人は不得意な論理的思考を追求し続けることで、理性を獲得して成長してきたらしい。それぞれにあるコンプレックスだったり、変えていきたいというトリガーがあって自分を変えたいと思うが、一方ではすぐには変えられないと思っている。多分走ることにしても6か月くらいは継続してみないと、それは実感できないかもしれない。そのベースには6か月あったら人間の細胞は入れ替わるらしい（なんかに書いてあったが出所不明）。努力を継続すれば半年で違った自分になれる。たった500mも走れない人でも半年くらいちょくちょくと走ればフルマラソンでも走ることができる。自分がそうだった。

積極的に自分を変えようというときに、体を動かしてみることによって気持ちも身体も変化と成長があったということ。そして、何かを始めるのに遅すぎるということはなくて、走るとか体を動かしてみるってことは何歳からでもできて伸びしろがあるから面白いと思う。

16. これからの高齢化社会の未来に思うこと

人生100年時代と言われるこれからの我々の人生においても、これからは60歳過ぎてからでも健康年齢を30年以上はキープしたいところである。まずは、体が元気で自由に動けないことには人生の楽しみも半減してしまうだろうと思う。動ける体を保ち、病気にかからない健康体でいられること自体が日常生活を普通に送れる最低限の条件であると思う。寝たきりになってしまったり、歩けても数100mが限界だとかなってしまうことはできるだけ避けて、高齢になってもシャンとしてゆっくりでも歩いて移動ができる自分自身でいたい。

そのためだけに辛いランニングをこの先数10年も継続し続けることは、非常に難しいことだとは思っている。ただ、無理はしないレベルで自分の体を自分の力で動かす努力を続けることは、細々とならこの先も絶対に可能だと思っている。今のようにハードなトレーニングをしたり、マラソン大会でいい成績を残したいとかいう高望みをしてしまうときりがないが、自力で1~2時間なら歩けるとか、数kmだったらジョギングだってできるっていう程度のことなら、苦しいほどのトレーニングをしなくても現状維持が可能なのではないかと思っている。確かに自分が70歳や80歳になってない時点で想像しているだけだから全く説得力はないが、ちょっとした努力を続けることで、できるのではないだろうか?とは思っている。

やけに元気な老人は陰ながらそれなりに節制をしたり、何らかの努力をしていることだろうとはなんとなくでも想像はできる。全く自分なりに何の苦労もしないで年齢とともに訪れる筋力であったり体力の低下をさせずにそのまま維持することができるほど人間生活が甘いものではないということは、普通の大人であったら想像し予測することができるのではないかと思う。

そんなことで、今現実に走ってみたりすることによって、自分が自分で自覚できる自分なりのパフォーマンスが、低下してるとか維持できてるのかとか思うことも、少しでも走ってみてそのペースやタイムを測定したりして、そのときの感覚だったり結果を見ながら自分で体感できるということがある。

本当に自分が衰えてきているのかが、ある程度は体を酷使とまではいかなくても、筋肉疲労を感じたり、汗を流してみないとわからないのではないかということを最近思うところではある。急激に老け込むとか、昨日までできてたことが急にできなくなるということはないのだろうとは思っている。それは今までの過去の自分の経験から導き出している感覚的なことではある。ここで言いたいのは単純に、急激に気力や体力が自然に落ちてしまうことはないだろうということ。筋力が落ちて、体力も落ちたと感じるのは、単純にその体力だったり筋力を使っていないことが続いたという結果に違いない。

ということで、人は自分の体を維持していくために継続して食事をとり適当な運動をしたり、睡眠をとって休養する。この中で最低限生きるために食べることと、寝ることは誰でも本能的にもやらないと生命を維持できないとわかっている。それにほんの一つの体を動かす、それを継続的にやり続けることができて、更にそれが習慣化されるようになればしめたもので、健康寿命を伸ばすための必須な条件ではないかと考えている。それを苦しまずになんなくこなしてしまうことを継続して行っていく。そういった習慣が自然にできて、ルーティン化できるようになることを求めていくようにしたいと考えているし、そうやって最低限の健康を維持していくことがこれからの人生100年時代に健康寿命を伸ばすための必須な条件となりうるだろう。

17. 最後に

最後になるが、本書は走ることがメインの話ではなくなっており、はっきり言えば個人のブログの内容を繋いだり、自分としての思いを本にしたものである。だから、ストーリーには一貫性はあまりなく、気分によって言うことや時々での考え方も変わっていて読んだ方にも何か具体的に得られたりするようなものは少なかったかもとも思うが、どちらかと言えば会社生活を終える前の趣味のランニングの思い出を個人的にまとめてみたかったということの目的で書いてみた。

初版にあったように、走ることを始めたきっかけやフルマラソン完走、駅伝出場とか、3年間を振り返ってみて学べたことなどに比べると、やってきた中身も以前から進歩して変化してきたかという意味では大したことはないだけに、そのインパクトも小さいということはあると思う。

しかしながら、自分としては生活の大きな変化点の中で、過去からの自分を振り返ってみたり、人類の長い歴史を遡って考えてみたりすることによって少しはこれからの生き方について深く考えることができて大変良かったと思っている。

そして考えるだけでなく、自分自身のこれからの人生をどう豊かに充実したものにできるのかも、やはり自分の考え方とそれに基づいた行動でしかないと思う。

何かが急に天から舞い降りてきて、全くこれまで描いていた将来と違った人生になってしまうということはあまり考えられないというか、考えたくないというのが本音である。どちらかと言えば予想を超えるような嬉しいことが起きる分にはそれに越したことはないと思うが、殆どそんなことは起きない。その逆になってしまうような苦しい場面や悲しい別れなどは必ずあるということがある。また、目一杯苦しんだり、マイナスのことがあったりするからこそ、当たり前の日常が素晴らしい日々だと感じられるということが世の常だと思う。辛いこと、苦しいことを経験した上でその苦労があったりのプラスマイナスの振れ幅の大きさがあったほうが、良いことがあったときの自分の満足感だったり、充足感が大きく感じられるのだと思う。だからあえて苦しいことや辛いことにチャレンジしてみたりしようとするのも人それぞれの価値観だし、そこをコントロールするのはある程度というか自分自身だけなのかもしれない。

いくら親しい人間や身内であっても別々の人である限り、その人にどうなってほしいと願っても、そうはできないし、その人の勝手である。他人をコントロールすることはできないということを言っているのではなくて、それとは違った次元で自分自身の将来を見つめ、自分自身と会話することをもっと深く掘り下げていく中で、人生の楽しみや喜びが増していくことだと思う。

会社生活も一つの区切りをつける時期になり、これまでの自分が今までこうして普通に暮らしてこられたのも、趣味にお金や時間をかけられたりするのも、全てが家族や親族含め支えて頂いた人たちや一緒に働いてきた方々のお陰であり、感謝の気持ちでいっぱいです。

ここまでこの本を読んで頂いた方とどこかで会うことはないかもしれないと思うし、一般に売り出しても全く売れなければ残念ながら誰の目にも触れることはないだろう。知人の方であればいつかは会う機会があれば渡して読んでもらえるかもしれない。

なぜこんな自費出版本を出そうと思ったのか、自分としてはどんな気持ちかというと、同じ人間として、そして一人の市民ランナーとして少しだけでも私の話に耳を傾けてもらえたり、共感してもらったり、興味を持ってもらえるということがあれば面白いなということだけで、それ以上の何もない。そしてサラリーマン生活の区切りの年に本を出すというのが数年来の夢で、そこそこに売れたら面白いし、そんなことは絶対にありえないだろうから、全く売れなくて赤っ恥というのも笑えるなと。

そんなことで、もう一年足らずでサラリーマン生活としての区切りを迎えることになるが、これから何かもっと面白いことがないかなということを模索している。多分60歳を過ぎても小さなマラソン大会でそれなりの記録を出したりして、それなりに満足していることだろうが、それだけでは何となくだけどつまらない。自分なりに一番幸せを感じられることを探しつつ、これからの余生を精一杯生きていきたい。

未来はどうなるかわからないし、自分の力で変えられることと、自分だけではどうしようもないことがあることも、たいていはわかっていたりする。でも、何か自分が行動を起こせば、小さな何かが変わるだろうとも思っていたりする。

どう生きてきたかと、これからどう生きるか。それだけは、人間である限り誰でも考えていることだろう。

何かを少し変えたいと思ってみたり、自分自身が変わりたいということがあったり、生きている限り毎日の普通の生活をしつつも、どんなふうにこれからを生きていこうかと考えつつ、何か答えがわからない人生のたったこの一瞬を皆が生きている。

人それぞれの人生。何かに感動したり、傷ついたりとか思うことは数知れない。そして、他人が計れない自分だけの世界を誰もが持っていることだろう。

そんな多くの人の中でのたった一人の個の自分。そんな数多いる人の中のたった一人の私の思いと受け止めて頂ければと思い、ここに筆を置こうと思う。

読んで頂いてありがとうございました。

2021年1月吉日

参考文献

『マラソンはゆっくり走れば3時間を切れる！』田中猛雄／SBクリエイティブ
『お金の教養』泉正人／大和書房
『脳を鍛えるには運動しかない』ジョンJ・レイティ／NHK出版
『プロフェッショナルの習慣力』森本貴義／SBクリエイティブ
『望みをかなえる脳』林成之／サンマーク出版
『「遊ぶ人」ほど成功するホントの理由』佐藤富雄／フォレスト出版
『42・195㎞の科学』NHKスペシャル取材班／KADOKAWA

2009年から2020年7月迄の月間走行距離と月間トピックス

西暦		2008年		2009年		2010年	
年齢		47歳		48歳		49歳	
1月	月間走行			47	ゴールドカード紛失（後で出てくる）	239.6	出張3回飲み会9回で出費大
	累計距離(km)			47		239.6	
2月	月間走行		課長就任	50	2年ぶり風邪引く	105.3	フルマラソン初完走！① いわきサンシャインマラソンにて！
	累計距離(km)			97		344.9	
3月	月間走行			56.5	親父が入院	114.6	妻両親と娘と5人テポ泊まり
	累計距離(km)			153.5		459.5	
4月	月間走行		郡山シティー5km完走、初の大会参加	86	郡山シティー自己新36位、走る意欲が出てきた・・・・	151.8	練習頑張ったが郡山シティーで40分切れず
	累計距離(km)			239.5		611.3	
5月	月間走行		協力会社火災でバタバタ	124	連休中50km走る	173.2	連休78km走りスピードついてきた
	累計距離(km)			363.5		784.5	
6月	月間走行			132	5回飲み会、弟と走る	140.8	本宮ロードでリタイヤ。一時、記憶が飛ぶ、落ち込む
	累計距離(km)			495.5		925.3	
7月	月間走行			157	東和10km完走、体重減る、58.6kg	166.9	中国出張 緑ヶ丘夏祭り参加
	累計距離(km)			652.5		1092.2	
8月	月間走行		弁当スタート 仕出し弁当から変わった頃	169	伊達ももの里で10km自己新 夏休み走り続けた	264	北海道マラソン完走② 両親と5人で北海道旅行
	累計距離(km)			821.5		1356.2	
9月	月間走行			193	GPS時計、パソコン買った シルバーweekも走りきった	154	10km40分切れず 大玉合宿参加でスキー場まで走る
	累計距離(km)			1014.5		1510.2	
10月	月間走行		土日ランスタート 少しだけ走ってみようと思った	168	インドネシアへ出張	165	西の郷10kmで40分切り、ふくしま駅伝レギュラーに！
	累計距離(km)			1182.5		1675.2	
11月	月間走行			232.8	月間232km走った	177.9	ふくしま駅伝出場、ヤッタ～！
	累計距離(km)			1415.3		1853.1	
12月	月間走行		毎日ランスタート 思い切って走ろうと決意した頃	150	左足捻挫で2week走れず、病院通いで治療していた	164.9	年間2000km走破
	累計距離(km)			1565.3		2018	
AVE/month	累計距離(km)	ランニング開始前の2008年の状況		130.4	1,565.3	168.2	3,583.3

西暦		2011年		2012年		2013年	
年齢		50歳		51歳		52歳	
1月	月間走行	182.8	会社研修でアメリカ旅行、ラスベガスへ	86.2	激励会で思わず泣いてしまった 本田家でも宴会	122.4	全社会議で日本に戻る
	累計距離(km)	182.8		86.2		122.4	
2月	月間走行	147.1	いわきサンシャイン③で自己ベスト更新	37.3	マレーシア赴任 1人暮らしスタート	97.9	いわきサンシャイン⑤をサブ4で完走
	累計距離(km)	329.9		123.5		220.3	
3月	月間走行	67.8	東日本大震災で東日本に大打撃、原発問題勃発	77.0	3月トータルで32万円使う（パソコンも含む）	79.8	飲み代4.5万少し控えよう
	累計距離(km)	397.7		200.5		300.1	
4月	月間走行	89.5	ゲオスポーツに入会して走る 原発で外走れず	102.5	4ヶ月ぶりに100km走る 1人暮らしも慣れてくる	62.5	新年度決起集会で帰省 初ゴルフ、打ちっぱなし
	累計距離(km)	487.2		303.0		362.6	
5月	月間走行	59.3	インドネシア、マレーシア出張。マレーシアの赴任を身近に感じる	78.5	インドネシア出張 初めての創立記念式典	63.2	マレーシア国際駅伝参加 ゴルフ関係で4万円以上使う
	累計距離(km)	546.5		381.5		425.8	
6月	月間走行	72.5	新人飲み会が続き散財	131.2	ＫＬマラソン完走④ 工場長就任	91.9	外食多く体重増 ＫＬマラソン、ヘイズで延期
	累計距離(km)	619		512.7		517.7	
7月	月間走行	103	自費出版本発注 てぽPCCメンバーで飲み会	56.5	インターネット開通 カードで買い物OKになる	84.1	走馬会に入会 メトロポリタン公園初走り
	累計距離(km)	722		569.2		601.8	
8月	月間走行	138.9	夏休み走ってようやく震災前に戻し、伊達で5km19分	64.5	家族がマレーシアに来る	77.2	両親、妻がマレーシアにて1週間過ごす
	累計距離(km)	860.9		633.7		679.0	
9月	月間走行	161.7	猪苗代65km完走 6時間45分	78.8	6ヶ月ぶりに日本に戻る 飲んで体重2kg増	86.2	会社会議で日本出張 自部署が最低点となる
	累計距離(km)	1022.6		712.5		765.2	
10月	月間走行	186	梁川で5km19分切り、ふくしま駅伝レギュラーに！	85.8	出張者との外食多く散財した感あり	90.1	外食減らし、禁酒8回にした
	累計距離(km)	1208.6		798.3		855.3	
11月	月間走行	149	2回目のふくしま駅伝を走る	64.2	フィリピン出張 咳が2週間止まらなかった	91.3	ＱＣサークル発表会で出張 弟のふくしま駅伝応援
	累計距離(km)	1357.6		862.5		946.6	
12月	月間走行	105.8	通達出てマレーシア赴任へ	101.5	本部長、＊＊室長が来マレーシア 外食多かった	67.7	妻、娘とシンガポールベイサンズに泊まる
	累計距離(km)	1463.4		964.0		1,014.3	
AVE/month	累計距離(km)	122.0	5,046.7	80.3	6,010.7	84.5	7,025.0

西暦		2014 年		2015 年		2016 年	
年齢		53 歳		54 歳		55 歳	
1 月	月間走行	108.6	正月家族でマレーシアで過ごす 仕事の成果は最悪	146.9	正月帰省し箱根駅伝見る マレーシア大会入賞	202.4	6 年ぶり月間 200km アップ 英会話（ロージー）契約
	累計距離(km)	108.6		146.9		202.4	
2 月	月間走行	63.9	全社会議で日本出張 大雪で自宅の雨どい壊れる	128.2	郡山帰任の通達出る いわきサンシャイン⑦走る	153.5	いわきサンシャイン 3H27′ 58″⑨ ゴルフセット 14.1 万で買う
	累計距離(km)	172.5		275.1		355.9	
3 月	月間走行	60.1	ふくらはぎ痛で走れず。風邪で咳が止まらなかった	81.5	連日の送別会 妻がマレーシアに来る	163.7	霞ヶ城クロカン走る レクサスタイヤ交換きつくて GS へ
	累計距離(km)	232.6		356.6		519.6	
4 月	月間走行	77.6	箱根出陣式後に中国工場へ 4 年ぶり出張	105.5	日本に帰任（4/11） 5 年ぶり郡山シティ走る	154.4	郡山シティー 10km40 分切り 実家で祖母の法事あり
	累計距離(km)	310.2		462.1		674	
5 月	月間走行	83.3	創立記念式典後のゴルフにローカル MG 参加	121.2	マレーシアへ式典で出張 郡山で給与もらう	228.6	連休中 123km 走った 月間 220km 超えは 6 年ぶり
	累計距離(km)	393.5		583.3		902.6	
6 月	月間走行	90.8	業績結果悪化で問題視されへこむ	159.4	桜湖マラソン走る 月間 150km オーバー 5 年ぶり	141.4	箱根に家族旅行 一関工場異動の内示受ける
	累計距離(km)	484.3		742.7		1044	
7 月	月間走行	65.4	ランカウイ、シンガポールを妻と旅行	150.1	東和 5km5 年ぶり 月間 150km2 ヶ月クリア	146.5	東和ロード 20 分切りならず 一関アパート入居準備
	累計距離(km)	549.7		892.8		1190.5	
8 月	月間走行	104.4	クレーム対応でばたばただった	134.0	夏休み仙台ツアー 伊達もも 20 分切り	179.6	8/18 一関生活スタート 伊達もも 5km18 分台 PB
	累計距離(km)	654.1		1,026.8		1370.1	
9 月	月間走行	87.9	クレーム件数ワースト 2 月 遅延も減らないままだった	108.1	悪天候で 2 週間以上雨 5 連休中の田村クロカンキツかった	140.6	出張 3 回で都度郡山に帰る トータル 13 万円使った
	累計距離(km)	742.0		1,134.9		1510.7	
10 月	月間走行	135.4	8 回飲み、8000RM 出費 K L マラソン完走⑥	150.5	レクサス購入（＊＊＊万円）	178.3	初 GOLF ブービー、ハーフ PB 飲み会 3 回 5 万使った
	累計距離(km)	877.4		1,285.4		1689	
11 月	月間走行	60.2	日本出張時にインフルエンザで 4 日寝込む	148.5	茂庭フル⑧でベスト更新 サブ 3.5 達成	154.6	5 年ぶりのふくしま駅伝、タイム落とす 3 日後の大田原フル⑩で撃沈、歩く
	累計距離(km)	937.6		1,433.9		1843.6	
12 月	月間走行	99.7	プレ路線、年末で 2 回帰省	159.0	ハーフで 1 時間 33 分 年間 1593km達成	170.88	右尻と付け根に違和感でも 170 走る 飲み会でお金使いすぎた
	累計距離(km)	1,037.3		1,592.9		2014.48	
AVE/month	累計距離(km)	86.4	8,062.3	132.7	9,655.2	167.9	11,669.7

西暦		2017年		2018年		2019年	
年齢		56歳		57歳		58歳	
1月	月間走行	193.5	初の九州博多へ社内旅行 飲み会もあり貯蓄マイナス	200.8	最強寒波、歩道が凍る中200kmアップはいいが目標未達成	240.2	富士通パソコン19万で買う 雪は少なかったが凍る路面多かった
	累計距離(km)	193.5		200.8		240.2	
2月	月間走行	194.9	いわきサンシャイン3H21.45 ⑪ 人間ドックで帰省、丸新誕生会	164.9	いわきサンシャイン3H17.40 ⑮ 雪が残っていて走行距離伸ばせず	215.9	いわきサンシャイン雪で中止！ 215km走ったけど全然充実感ない
	累計距離(km)	388.4		365.7		456.1	
3月	月間走行	210.3	会議で郡山出張半年ぶり 一関マラソン部6人で初ラン	240.2	ピロリ対策で禁酒1週間 初めての東北フードマラソン	281.5	東京マラソン走った3H9 ⑲ 田村クロカン、東北フード走る
	累計距離(km)	598.7		605.9		737.6	
4月	月間走行	183.5	箱根決起会参加。本宮ロード、郡山シティ結果いまいち	225.7	本宮ではカツカツ入賞するもシティでは記録伸ばせず限界？	265.1	本宮では3位入賞、シティーでは10km記録更新38′56″
	累計距離(km)	782.2		831.6		1002.7	
5月	月間走行	260.2	連休中120km走る。キラメキフル3H38 ⑫。6月ROC課長通達	302.4	連休114km走る。きらめきフル3H16 ⑯。人生初の300km達成	312.1	連休136km走る。後半一関 宮古ツアー、きらめき3H18 ⑳
	累計距離(km)	1042.4		1134.0		1314.8	
6月	月間走行	200.7	2ヶ月200kmアップは初 歯が二度折れて直す	259.4	走ったのはさくら湖だけだったが、30km走3回やった。	317.4	5km大会で去年のタイムを上回れず停滞感。距離は走ってる
	累計距離(km)	1243.1		1393.4		1632.2	
7月	月間走行	202.3	3連休妻と世界遺産ツアー 200kmアップしたが体調いまいち	277.6	東和ロードペース上がらず、赤羽ハーフリタイヤ。夏は厳しい！	312.9	東和と赤羽ハーフ2本。赤羽 暑い中頑張ったが走力上がらず
	累計距離(km)	1445.4		1671.0		1945.1	
8月	月間走行	238.4	7年ぶり北海道マラソン3H29.33 ⑬ 妻と札幌弾丸ツアーで2泊	242.9	北海道マラソン3H28.30 ⑰ 家族と札幌ツアー2泊	307.1	一関飲み屋ツアー 社内旅行で北海道走れず
	累計距離(km)	1683.8		1913.9		2252.2	
9月	月間走行	172.2	家族が一関に来る 安比リレー、一関ハーフ走る	264.1	一関ハーフはいまいちの結果 3連休帰らず走る	273.2	安比リレー後のジョグで肉離れ 一関ハーフ完走後2回目の肉離れ
	累計距離(km)	1856		2178.0		2525.4	
10月	月間走行	224.2	ふくしま健康1位、ハーフPB ハーフ初入賞、会社80周年記念式典	286.3	社内旅行福島市内で2次会飲む 面談全員とやる(ROC)	184.0	ふくしま健康1位、郡山工場水没で2回手伝いへ
	累計距離(km)	2080.2		2464.2		2709.3	
11月	月間走行	178.6	ふくしま駅伝タイム30秒短縮 大田原フルでPB3H11M33S ⑭	202.8	弟と1,2フィニッシュ。ふく駅兄弟リレー 大田原フルでPB3H7M26S ⑱	155.5	脹脛怪我で殆どの大会欠場の中でふくしま駅伝もエントリーしたが欠場
	累計距離(km)	2258.8		2667.0		2864.8	
12月	月間走行	230.98	あずま荒川初入賞6位 年間2400kmアップ達成	233.1	左足首違和感のまま233km走る 年間2900km達成！	244.6	あずま荒川のみ走るも記録低迷 年間3100km達成
	累計距離(km)	2489.78		2900.1		3109.4	
AVE/month	累計距離(km)	207.5	14,159.5	241.7	17,059.6	259.1	20,169.0

西暦		2020年		2021年		2022年	
年齢		59歳		60歳		61歳	
1月	月間走行	245.4	ディズニーシーに旅行東京ベイ泊 小松菜マラソン2位になれた				
	累計距離(km)	245.4					
2月	月間走行	254.3	皇居マラソンで2位、熱海旅行 甥の結婚式、大玉村同窓会岳温泉		会社を定年退職予定		会社再雇用を終え一関を離れ郡山に戻る予定
	累計距離(km)	499.7					
3月	月間走行	329.3	全てのマラソン大会がコロナで中止 なぜか過去最高の走行距離		再雇用で1年継続予定		
	累計距離(km)	829					
4月	月間走行	301.1	コロナで自粛生活 タイヤを新品に交換				
	累計距離(km)	1130.1					
5月	月間走行	302.7	コロナで自粛生活続く。会社会議もリモートで出張なくなる				
	累計距離(km)	1432.8					
6月	月間走行	303.5	コロナで自粛生活続く。帰省も月1になって暇な単身生活				
	累計距離(km)	1736.3					
7月	月間走行	274	久々に飲みに出るもコロナ対応で通常に戻れず。転けて膝に傷				
	累計距離(km)	2010.3					
8月	月間走行		原稿をまとめて出版社へ				
	累計距離(km)						
9月	月間走行						
	累計距離(km)						
10月	月間走行						
	累計距離(km)						
11月	月間走行						
	累計距離(km)						
12月	月間走行						
	累計距離(km)						
AVE/month	累計距離(km)	287.2	22,179.3	0.0	22,179.3	0.0	22,179.3

1年後も2年後も
未来はどうなっているか
わからないが
確実に歳はとる

肉体を鍛えて進化させること
は難しいにしても
最低限の努力を継続して
現状の走力は維持したい

そしてまた楽しい未来を
創っていきたい

著者紹介

本田　賢（ほんだ たかし）

1961年生まれ
出身地：福島県安達郡　自宅は郡山市
1984年に大学卒業後は会社員一筋の一般サラリーマンにして10年前より趣味としてランニングを行っている一市民ランナー。身長171㎝、体重60㎏くらいの中肉中背で特技や秀でた得意技は特になし。不器用にして多くを語らない寡黙な中年オヤジ。2014年に初版『走ること』を執筆、出版。
好きなことと趣味：笑顔、走ること、鍛えること、昨日の自分を超えること、酒を飲み語ること、歌うこと、車と車を運転すること、本を書くこと。

走ることⅡ　何かを変えるには、走り始めてみることがある

2021年1月18日　第1刷発行

著　者　本田　賢
発行人　大杉　剛
発行所　株式会社 風詠社
〒553-0001　大阪市福島区海老江5-2-2
大拓ビル5-7階
℡ 06（6136）8657　https://fueisha.com/
発売元　株式会社 星雲社
（共同出版社・流通責任出版社）
〒112-0005　東京都文京区水道1-3-30
℡ 03（3868）3275
装幀　2DAY
印刷・製本　シナノ印刷株式会社

ISBN978-4-434-28479-3 C0095